Peter Tramontana

Huach zua ...

Wiener Mundart

Die besten Gedichte aus 5 Büchern
Herausgegeben von Hans Langmann

Weishaupt Verlag

Umschlagzeichnung: Franz Grünberger

ISBN 978-3-7059-0373-9
1. Auflage 2015

Herstellung/Verlag: Herbert Weishaupt Verlag, A-8342 Gnas,
Tel.: 03151-8487, Fax: 03151-84874
e-mail: verlag@weishaupt.at
e-bookshop: www. weishaupt.at

Druck und Bindung: Druckerei Theiss GmbH, A-9431 St. Stefan.
Printed in Austria.

Inhalt

On mei Frau

Schau, hob ka Ongst vuan ölta wean,
denk imma dron: I hob di gean
und doß noch viazig Joa so schen is,
eigentlich a Phänomen is.

Zum Erklärn is des schwierig:
I bin auf di no imma gierig.
Bitte, loß di jo net liftn,
weu dea Speck auf deine Hiftn
si guat ongreift und so wach is,
mollig, woam und net so zach is.

Mia gfoit dea Tausch: von höchst aktiv –
auf longsom, tiaf und intensiv,
vua Oim bei dea Zärtlichkeit –
denn ollas braucht jetzt seine Zeit!

I beschütz di wia a Kind,
schneiz di, wonn da di Nosn rinnt,
i lies da vua im Bübabuach
und hülf da eine in die Schuach.
Im Winta warm i da di Händ,
und wonn die Alzi di darennt
und du dein Noman nimma waßt,
sog i da sicher wia du haßt.

I loß di a net drauf vergessn
jedn Tog dein Bluatdruck z'messn,
bein Huastn moch i da an Wickl,
wonnst wüllst – donn trog i di a Stickl.

Fia ondre samma schiach und oit
und monche sogn: „Die steabn boid!"
Doch wonn dea Tod ums Haus si schleicht –
solong mia zom san – is ois leicht!

A schenes Hobby

„Heast, longsom kriag i scho an Frust,
heit moch mas Schatzi, host du Lust?“
„Du, grod hob i des söbe docht,
mia homs scho wiaklich long net gmocht!“

Und glei drauf woa ma mittndrin.
„I merk scho, wia i gierig bin
und neigierig, ob is no kon –
schau da di großn Eier on!“
„Mein Gott, is dea sche steif und fest!
Jo, des is guat! Gib ma den Rest!
Und siaß is ea, so soll ea bleibn,
tua nua schnölla weiterreibn!
Loß eam ruhig a bisserl steckn,
won du wüllst, konnst du donn schleckn!

Siechst – weustas mi net mochn loßt!
Schau – wia du ollas ongspritzt host!
Won ea so woam is, hob ihn gean,
jetzt schiab eam eine in di Rean!

So mochn des mei Frau und i
und es entsponnt uns irgendwie.
Mia hom vü Hetz dabei und lochn,
wonn mia zu zweit an Guglhupf mochn!

Andre Heller

Sollt i sterm – wos net zum glaum is –
sog i eich, wos so mei Traum is:
Mochts keine großn Sochn nicht,
bergrobts mi würdig, ober schlicht.

Wonns mich ins Mausoleum trogn,
donn soll der Popst gonz afoch sogn,
in gonzn Lebn hätts no nie
so a Genie gebn, so wia mi!

Und ringsherum um meine Gruft,
do sponnts ma Seile in die Luft,
drauf können Trauergäste gleitn,
auf rosa Elefontn reitn,
holts die Fiaker mit die Kutschn,
die Pferd solln Hellerzuckerln lutschn,
dreißgtausnd Luftballons solln steign
und die Wiener Schrammeln geign,
es kennts a die Netrepko bringen,
die sollt auf Suaheli singan,
und auf mein Grob steht nua a klana
Heller aus Swarovskistana.

Jo, fongts ma olle Künstler zom,
von ibaroi, wos wölche hom,
die soin net wana, sondern lochn
und bein Begräbnis Kunststick mochn.

Schmeißt's mit Girlandn und Confetti,
hoit's ma den Ötzi und den Jeti,
bringt's Riesn her, Liliputana, ...
zwa loßt's daham – den Langmann und
den Tramontana!

April

A Bua kummt zu dea Mama grennt,
fuchtlt gonz aufgeregt mit d'Händ:
„Mama“, schreit ea, „Mama, komm!
Dea Papa hängt om Dochbodn obm!“

Die oame Frau is gonz entsetzt
glei aufe, auf'n Dochbodn ghetzt,
dea klane Bua ihr hinterher,
doch dea Dochbodn, dea woa leer.

Die Muada schreit den Klan glei zom:
„I glaub, du mechst a Watschn hom!“
Sie greift si auf ia kronkes Herz,
do sogt dea Bua: „Es woa a Scherz!
Tuat ma lad, des woa a Föhla!
Aprül! Aprül! Ea hängt im Kölla!“

Aufklärung

Frog nua, mei Burli, ober jo!
Fia wos is denn dea Opa do?
In Opapa konnst immer frogn.
Dea Opa wiad da ollas sogn.

Die Kinder? Des is leicht! No schau:
Stöllst dia an Mon vua und a Frau
und wiasd waßt, mei klanes Fritzerl
hom die Fraun do vuan a Schlitzerl.
Siechst du, Kind, und dort hinein
pflonzt dea Mon sein Soman rein.

Min Soman kennst di net so aus?
Na, den gibts net in Logerhaus!
I erklär da des jetzt, Pumpfi:
Du host zwa Kugerln bei dein Zumpfi
und in den Kugerln – weißt du – innen,
dort is dea Männersamen drinnen,
und dea Mon gibt mit sein Schlauchi
dea Frau den Soman in ia Bauchi.

Jetzt, Fritzi, bitte hea doch auf!
niemond druckt do auf wos drauf!
Na, Fritzi, na – jetzt horch schön zu:
des is net gonz so – wia Lulu!
Des is ... no onders jednfois
und außerdem waßt eh scho ois!
Und jetzt geh fernsehschaun, mei Bua
und loss dein Opapa in Rua!

Aufpassn!

Wonnst net waßt, wias weidageht
und wo da Schädl dia grod steht,
und wonnst scho glaubst: Das schaff ich nicht!
Donn siechst om Tunnlend a Licht!

Doch wonn des Licht a Eilzug wäre ...
No Habedere!

Auskunft

A neicher Pforra, noch sehr jung,
mocht wochentogs a Wonderung,
und weul ea d'Gegend net guat kennt,
hot ea si hoffnungslos verrennt.

Ea denkt: „No jo, i setz mi nieder,
noch Herenstein kumm i nie wieder!"
Ea woa a scho a bissl miad,
do kumt a Mentsch daheaspaziat.

Natialich rennt dea Pforra hi:
„Mäderl! Mäderl! Woat auf mi!
Gott sei Donk! Dich schickt dea Himmel!
Weißt, ich bin dea Pfarrer Drimmel.
Ich bin in Herenstein zu Haus
und kenn mich überhaupt nicht aus!
Sagst mir bitte, liebes Kind,
wie ich jetzt nach Hause find?"

Des Mäderl steht duat, liab und kla
und donn sogts laut und deitlich: „Na!"
Dea Pforra woa total benommen:
„No du wirst nicht in Himmel kommen!"

Do sogt des Kind: „Das kann schon sein!
Doch du kommst nicht nach Herenstein!"

Ausweg

Unlängst hob i gheat den Sotz:
Mia brauchn auf der Erd mehr Plotz!

I hob a zündende Idee.
Huach amoi zua, wia ich des seh:
Mia kenntn uns in zwanz'g, dreiß'g Joan
den Plotz fiad Friedhöf leicht derspoan.
Die Leichn kumman ziemlich schnöll
zu ana großn Sommelstöll,
duat konn ma no a bissl betn
und donn ob in a Raketn.

Des Gonze warat so a Oat
von zeitgemäßer Himmelfoat.
Nochher schiaßt ma donn die Fähre
on die Grenz zur Atmosphäre,
duat weans dem Weltall übergebn
und kenntn wia die Engerln schwebn.

Wonns von der Erdkroft onzogn wean,
verglühns ois wia a klana Stean.
Du schaust hinauf und denkst dabei:
„Des kennt mei Erbtant gwesn sei!"

Änderungen

Weihnochtn, mei Freind, des woa
wundersche fua zwanzig Joa.
Mia woan im Gonzn zehn, zwölf Leit,
hom gfeiert und uns richtig gfreit.

Immer woan bei uns daham,
so fufzig Packerln untern Bam,
der Fisch woa fertig außebochn,
Weihnochtslieder, Kinderlochn,
gmiatlich in der Runde gsessn,
Christbam glöscht und weitagessn,
so gegn zwölfe, scho hundsmiad
die Tantn zu di Taxis gfiat,
mitn Auto donn noch Mitternocht
die Omas in ihr Wohnung brocht,
wieder ham – und erst noch Stundn
an hoibwegs gscheidn Parkplotz gfundn
und in der Wohnung woas so nett,
ois wonn a Bombn eigschlogn hätt.

Im Gegnsotz dazua wirds heia
a eher schlichte Weihnochtsfeier.

Mei Frau und i san gonz alla,
der Bam im Topf und ziemlich kla.
Die Omas ruhn jetzt scho in Friedn,
die Kinder – irgenwo im Südn,
den Tantn is des jetzt scho zvü,
drum denk i ma, es wird recht stü.

Wia immer gibts an guadn Fisch,
zwa klane Packerln liegn om Tisch,
ka foische Freid, wos nua a Gwinn is, ...
mia wissn beide scho wos drin is,
rundum a Friedn und a Rua,
mia hean den Sängerknabn zua,
so uma zehne, des wiad sche,
do wea ma scho ins Betterl geh
und nix, scho goa nix regt mi auf, ...
i gfrei mi scho wia deppat drauf.

Ballade vom braven Michi

In seinem ersten Lebensjahr
war Michi brav – kaum vorstellbar!
Blond und gschneckerlt war sein Schopferl,
brav saß er auf seinem Topferl,
trank brav, schlief brav, lernte stehen,
konnte bald darauf brav gehen
und brav trug er sein Übergwicht,
auch schrie und tobte Michi nicht!
Folgsam aß er seine Suppe,
liebte seine Barbiepuppe,
spielte nie mit Kindern Fangerl,
seine Haare hielt ein Spangerl,
war immer artig und adrett
und hielt stets sauber das Klosett.

Immer war er Klassenbester,
Horn blies er im Schulorchester.
Wie es verlangt vom Katechet,
vergaß er nie auf das Gebet,
dankte stets dem Himmelvater,
nichtmal onanieren tat er!
Gott sprach zu ihm: „Mein lieber Michi!
Alles was du tust – das siech i!"
Drum las er keine Pornohefte
und trank brav die Gemüsesäfte.
Seine Gedanken waren rein,
mied sorglich Nikotin und Wein,

nie hat er wen angelogen,
war immer sehr warm angezogen.

Schon bald, da war ihm eins klar:
Es rief das Priesterseminar!
Er trat in einen Orden ein,
studierte brav und sprach Latein,
er legte ab so manchen Schwur
und schwieg mit Brüdern in Klausur,
errang auch bald das Doktorat,
gelobte gern den Zölibat!

Doch dann, es war im Monat Mai,
die Studienzeit war grad vorbei,
spazierte Michi ganz allane
in frisch gebügelter Soutane.
Ins Gebet versunken schritt er,
merkte nicht, dass ein Gewitter
sich rasch näherte von fern,
Michi ging und pries den Herrn
und wie er sagte: „Ich bin Dein!"
Da schlug ein Blitz in Michi ein.

Der Herr hat ihn zu sich geholt.
Noch immer brav – doch ganz verkohlt!

Bauhaus

Da Meia is ins Bauhaus glaufn
und woit zwa Spiaglklommern kaufn,
doch leida hot ea noch zwa Stundn
di Spiaglklommern no net gfundn.

Vakeifa hot ea gfrogt scho efta,
doch di hom olle gsogt: „Nix Chef da!"
Don endlich hot ea an darennt,
dea fähig woa und kompetent.
„Spiaglklommern? – Bei Frau Grete,
dritta Gong bei Kleingeräte!"
Da Meia saust in drittn Gong,
doch di Frau Grete, di woa kronk.
Don hot ea no drei Lehrling gfrogt
und olle hom des gleiche gsogt:
„Di Spiaglklommern? – Sowieso!
Mia homs! – Doch, bitte, frogns net wo!"

Zum Glick hot ea don linkerhond
entdeckt an großn Wiaschtlstond.
Duat hot ea don gonz kurz vaschnauft
und si an Käsekrainer kauft.
Di Wuaschtfrau, di woa sea sympatisch:
„Schaun's, si miaßn systematisch
von do untn bis zum Dachl
eineschaun in jedes Fachl
und ollas gründlich kontrolliern
und jo net di Geduid valiern!"

Vü späda, in da Campingwöd
do siecht da Meier a schens Zöt
Und hot a schene, ruhige Nocht
im Schlofsock in den Zöt vabrocht.

In da Frua, bein Buanwuaschtstandl
im total vadrucktn Gwandl
trifft ea jede Menge Männer,
di si scheinboa olle kenna.

Di meistn suachn scho seit Wochn
iagendwöche Bastlsochn.

A Baupolier, a Polizist –
si göltn olle ois vamißt
und hobn doch ois Bauhauskundn
a lebnswerte Heimat gfundn.
Da Poidi – dea woa unschlogboa –
dea suacht an Boizn scho zwa Joa!

Es wiad gfrüstückt und don plauscht,
Erfohrungen wean ausgetauscht,
doch si bleibn net long hockn,
a jeda mocht si auf di Sockn.

Und don – es woa grod im Aprü –
da Meia suacht, und denkt net vü –
unt in an Foch – ea hot fost brüt –
steht „Spiaglklommern" auf an Schüd!
„Jö!", denkt ea si – „heit is mei Tog!"
Don foit ea um – eam trift da Schlog.

Di Leich hot in di Morgnstundn
ane von di Putzfraun gfundn.
Da Rettungsoazt kumt zum Entschluss:
„Durch Freudnschock – da Exitus!"

Wias mit da Leich so außewondan,
sogt a Vakeifa don zum ondan:
„Do liegt palettnweis Beton!
Drei Hängelompn in Aktion!
Seit gestan hom ma frisch aus Spanien
wiaklich günstig di Geranien –
do brauchns goa net so vü jommern –
wos braucht dea Trottl Spiaglklommern!"

Begegnung

I geh spazian und triff an Mon,
der bremst sie ei – und schaut mi on:
„Hansi! Na, i glaub des net!
Do siecht ma, wia di Zeit vageht!
Wia long hom mia uns scho net gsegn?
Dazö a bisserl! Wos is gschegn?“

Plaudert hom ma guat zwa Stundn,
nochher hom ma beide gfundn:
A Glick, dass mia uns troffn hom!

Mia san jetzt vüle Joare zom
und treffn uns so oft wia meglich,
om Telefon – do red ma täglich!

Trotzdem – i fühl mi monchmoi mies:
I waß bis heit net – wea des is!

Bleib wiasd bist

Mein Gott, es wiad sche longsom fad
i wea so schiach und oid und blad,
jetzt muaß irgendwos passian.
I glaub, i loß mi oparian.

Om bestn wa, i geh scho muagn
in a Klinik zum Chirurgn
und sog zu eam: „Heast moch aus mia,
an Mon, so wia da Richard Gere,
so leiwond wiara fria woa,
vua cirka fufzehn, zwanzig Joa!“

Om nächstn Tog woa i bein Dokta,
dea schaut mi on und nochher sogta:
„Des loßt si mochn! Jo, des geht!
Doch ans steht fest. Leicht wiad des net!“
Donn mant ea no mit ernster Miene:
„Und außerdem kost's a Lawine!“

Ea sogt den Preis. A Schweinegöd!
Zhaus hob i grechnet und donn zöht
und außekriagt, doß mi des fost
so vierzigtausend Schnitzln kost!
Bei dera Zoi – ich schwöre dir:
Do scheiß i gean om Richard Gere!

Da longe Weg zum Glick

Vua viazg Joa woa mei Lebn schwera.
I woa a oama Voiksschuilera,
a Kind, verheirat und ka Göd –
mia hot so ziemlich ollas gföt.

De Freind san scho min Auto gfoan,
waß Gott, wo die in Ualaub woan!
I hob mi domois efta gfrogt:
„Wie mocht's dea Koarl, wonn ea sogt:
Heast, Fredl, nächsts Joa sowieso,
do treff ma sich in Jesolo!"
Zu mia homs gmant: „Du oama Teife,
bist wieda nua in Gänseheife!"

I hob ma denkt, i bin a Nui.
Sogoa die Kinda in dea Schui
hom dazöt von Rom und Pisa –
zoit homs olle scho mit Visa –
Ferien homs in Auslond gmocht,
i bin verfoin und hob docht:

„So oame Hund wia mi gibts söltn!
I kenn jo net amoi St. Pöltn!"
Und i gibs zua, i woa sehr sott,
dass mi des Glick verlossn hot.

I woa scho zwaradreißig oid,
dea Stoot hot etwos bessa zoit,
a Eabtant is ma a no gstuam,
i hob mei Frau pockt und mein Buam
und donn hom mas uns richtig gem...
mei liaba Freind, des woa a Lebn!

Ohne Ongst vua Terroristn,
eine in die nächste Kistn,
London, Rom, Paris, Triest,
Moskau, Stockhoim, Hammerfest, ...
Austrian Airlines, Lauda Air,
taucht samma in Rotn Meer, ...
des Lebn hot kriagt den rechtn Sinn,
mia hom dazuagheat, mia woan IN.

Doch mit dea Zeit konn ma entdeckn,
doß Schnitzln wödweit ähnlich schmeckn.
In London trinkst a Schoin Kaffee,
do glaubst, es is a schwocha Tee,
in gonz Italien gibts ka Brot,
des Bodn in Meer, des is da Tod,
a Stodt schaut wia die ondre aus
und richtig schlofn konnst nua zhaus.
Waß i wia glicklich woa i net
und sölbst, wonn kana des versteht:
On Urlaubshektik muaßt die gwena,
do woas in Gänseheife schena!
Wonnst sovü umanondafliagst
und scho in Schwechat Hamweh kriagst,
donn denkst da sehr boid: „Heast, warum,
fliag ich Trottl do herum?"

Und vua drei Joa – es woa a Traum,
i konns bis heit so recht net glaum,
do hot bei mia des Glick onklopft.
Mei Onkl und mei Tant san gstopft
und hom – es woa fost net zum Fossn,
a Schipel Göd uns ibalossn.
Und in an großn Bauernhaus,
do san ma jetzt, duat samma zhaus.
Seit drei Joa foa ma nimma fuat,
und ehrlich gsogt, duat gehts ma guat.

I tua a bisserl renovian,
mei Frau, die geht in Woid spazian,
bringt Eadbean und vü Schwammerln ham,
i setz daweu an jungan Bam,
in Kuchlofn knisterts Hoiz,
wonn i an Fisch fong, bin i stoiz,
mei Frau brot eam, so wia i wü,
in Goatn wochst dea Petasü.
Die guate Luft, die schene Rua,
i hea den Vogerln zwitschern zua
und sitz om Bankl und denk immer:
„Caorle, mi siechst wirklich nimmer!“

A Onsichtskoatn kriag i a,
vom bledn Koal – aus Ibiza.
I giaß den Schnittlauch traumverluan:
Dea Koal is net gscheita gwuan!

De Einedrara

Meina Söl – i konn nua lochn,
wia di Leit si deppat mochn,
wias einedrahn und ongebn tuan,
mei Liaba – do kriag i mein Zuan!

Wonns so kumman und dazön
und di Stimm auf hochdeitsch quön:
„Du! Mia woan do neulich essn!
Ollas ondre konnst vagessn!
Wie du weißt, woan mia bisher
sehr häufig bei den Chez Robert,
doch wenn sichs ana leistn konn,
donn glaub mia – nur zum Chez Antoine!
Ein Wahnsinn – es is net zum glaubn,
des Lokal, des hot siebn Haubn!
Du tätst dich goa net einetraun,
gut – auf die Preise derfst net schaun!"

Doch om meistn kennt i speibn,
wonns donn jedn Gong beschreibn.
So: Flugentn im Lavoa
und: Hühnerbrust im Pissoa!
Kreteuns a la Napoleon,
mit irgend so an Medaillon,
des Gonze is so fein garniert
und mit an Minzblott sche verziert.

„Gessn hom ma fost vier Stund!"
Mei Hintern wiad vom zuahean wund!
Doch eana echta Hochgenuss
kummt bei dea Schülderung zum Schluss,
wonns donn endlich sogn kennan:

„Für zwei Leut musst sechs Blaue brennan!"
Do siechst ihre Eigerln blitzn,
vua Erregung tans leicht schwitzn
und plötzlich wiad auf amoi kloa,
dass eana no vü z'büllig woa!

Dass Trottln gibt – des waß ma jo –
I beiß von meina Burnwuascht o!

Diagnose

Mia gehts gonz guat – doch es gibt Zeitn,
do hob i Einschlofschwierigkeitn.
I hob ma denkt, bevuast long woatst
und di herumquöst, gehst zum Oazt.

Dea frogt mi freindlich wos ma föht,
so hob i eam mei Leidn dozöht:
„Herr Doktor, i versteh des net!
I geh um cirka zehn ins Bett
und donn – i waß hoit net warum –
wölz i mi unruhig umatum!"

Drauf mant dea Doktor gonz betroffn:
„No heans! Do kennt i a net schlofn!"

Die Kroft von d'Stana

I sog das – grod in unsrer Zeit
konnst mit da Bledheit von di Leit
a Göd vadiena – und zwoa gnua.
Des gangat leicht – huach amoi zua!

Du ramst gonz afoch bei dia zhaus
dei Kabinett a bisserl aus.
Ond Wond – do is net vü dabei,
hängst Bülder von dea Mongolei,
donn besuagst da iagendwie
a Schüd, wo draufsteht: Therapie,
des schraufst von außn on die Tia
und des woas scho – glaube mia!

Jetzt im Kurier a Inserat:
„Unzufriedn? Das is schad!
Willst du gsund und glücklch sein,
bringt Hilfe der Mongolenstein!"
Drunter no dei e-mail Nummer
und i wett – die Gsteatn kumman!
Du muaßt a sunst nix bsunders kaufn,
besuag da nua an Stanahaufn.

Loß wias san, tua nix verziern,
nua muaßt as richtig präsentiern.
Legs in Regale, wonns da gfoit
und tur a so – ois warns aus Goid!

Sog a ruhig – du bist a Wiener,
nua glebt hetst zwanzig Joa in China,
in Tscheng Fung – des kennt ka Sau,
wiast segn, donn sogn olle: „Pfau!“

Des Gonze wa echt genial,
weu wost donn mochst – is scheißegal!

Dazö, du hetst von di Tartaren
a mords Geheimnis erfahren,
sog a, dass durch diese Stana
Mongolen gsundbleim und nie wana,
gfundn hetst as in an Brunnen
bei an Stomm von wüde Hunnen
und donn strahst ei, dea Tschingis Khan,
dea het si niemois ohne Stan
aus seiner Hittn außetraut
und nie wem in die Goschn ghaut!

Donn loßt as d’Stana leicht berührn
und jetzt frogst as – obs wos gspian!

Pass auf! Wos d’Leit donn außefindn
und wia sensibl die empfindn!

Dea ana sogt, ea het bemerkt,
wia si sei Sehvermögn stärkt,
ana fühlt si plötzlich gscheiter
a ondrer ois Mongolenreiter.
So monche gspiat den Steppenwind
und wüll vom Attila a Kind.

Zum Schluss sogst – oba des is kloa,
vü Stana hetst net – nua a poa
und du verkaufst as go net gean.
Pass auf! Wia olle gierig wean!

Probiers! I glaub, es tat si lohnen!
Weu Trottln gibts zu Millionen.

Doppelleben

I sog das – so a Doppelebn,
des kenntat ma scho sehr vü gebn.

I denk ma, jetzt in dea Pension,
do wari gonz gean a Spion,
oda afoch nua a stiller
kreuznormaler Profikiller.
Zumindest a Geheimagent,
so ana – den wos kana kennt,
einsom – und unwoascheinlich hoat
es gabat kan – dea auf mi woat,
Kontakt zu ondan miaßt i meidn,
i tat mi jedn Tog verkleidn
bis i sölba nimma waß,
wer i bin und wia i haß.

I warat ana – der nie locht,
dea wos a net vü Worte mocht,
i kennt unwoascheinlich schiaßn
und tat niemond freindlich griaßn!
In meine Odan rinnat Eis,
es gabat nix – wos i net gneiß,
i het drei Wohnungen, sechs Päss
und niemond kennat mei Adress.

Meine Woffn – warn dezent –
net zum segn – doch effizient!

Zum Beispü wa mei Kuglschreiba
nix fia Kinder oder Weiba:
wonnst eam verwendst, donn is die Schrift
mit wos gonz grauslichn vergift
und wonnst as liest – don bist sea gschwind
zumindest auf an Eigl blind!

Und follat i an Feindagent
ausnohmsweise in die Händ,
don mochat i ma net vü Suagn
und tat em glei mein Kampe buagn,
i wissat – wonn er si friesiert,
doß glei da Kampe explodiert!

Mei Unterwäsch wa feuerfest
und meine Handschuach aus Asbest,
mit mein Montl – so an weitn –
kennt i sogoa hängegleitn!

Mei Oambonduhr wa a net ohne!
So ane hom nua die Spione.
A Blick genügt – und i waß glei:
in Bangladesch is hoiba drei!

I lossat d'Vuahäng in da Frua
zua Sicherheit gonz afoch zua.
Weu – won i znoh om Fenster steh,
daschiaßt mi wea vom KGB.
Agentn, di om Lebn bleibn
sitzn nie vua Fensterscheibn!
Clever sein is unentbehrlich –
scho des Zeitunghoin is gfährlich!

Ma muaß si imma schnö bewegn
und lauter foische Fährtn legn!

I mochat mei Pistoin schoaf
und rennat zfuaß noch Hüttldoaf.
Von duat forat i jednfois
min Bus glei ume noch Hernois.
Donn gangat i in an klan Beisl
gonz unauffällig glei aufs Heisl
und noch ana klanan Pause
kamat i ois Pforra auße,
donn hauri mi in die U 4,
foa zruck – und kauf ma den Kurier.

Jetzt no schnöll an Whiskey tschechert
und min Taxi gleich noch Schwechat.

Da Flugplotz, des is so a Zone –
wos immer umkreuln – di Spione.
Verdächtige gibts duatn gnua.
I gangat eiskoit auf an zua
und sogat zu eam: „Brot macht tot!"
Des warat on den Tog mei Code.
Und wonn ea deppat frogt: „Warum?"
Donn niat i eam om Heisl um.
I wissat net genau wieso,
doch mia Spione san a so.

Donn haurat i eam voller Lust
mei Karterl auf sei tode Brust.
Drauf stangat – und des wa des Schene:
„Letzte Grüße – die Hyäne!"

Eiskoit

Nehm ma on, des gschiecht no heia:
I geh in Park und triff den Meier,
und im Gespräch gschiechts irgendwie,
der Meier, der beleidigt mi.

Jetzt denk i ma: „No, des wiast biaßn!
I wea di irgendwonn derschiaßn!"

A Krochn kaufn is net schwea,
dazua nimm i an Schalldämpfer.
I waß jo, wo der Meier z'Haus is
und gfrei mi, dass mit eam glei aus is.

Der Meier wohnt im drittn Stock,
i nimm die Puffn her, die Glock,
und leit glei bei der erschtn Tia,
do steht a oide Frau vua mia.
Sie sogt: „Gutn Tog!", i sog: „Grüß Gott!"
und zwa Sekundn drauf is tot.
Bis i donn obn bein Meier bin,
san zirka ocht bis zehne hin.

Der Meier siecht mi und sogt: „Scheise!"
Donn hots „Plopp" gmocht, ziemlich leise.
Ober eam woan no drei Leit,
und schon sans floch – zur Sicherheit.

Jetzt hoins des SOKO Donau her,
die tan si unwoascheinlich schwea,
natialich frogn sa si: „Warum,
liegn so vü Leichn umatum?"
Weul dass nur uman Meier geht,
auf des kummans im Leben net.
I glaub, die tatn si recht hoat,
es warat der perfekte Mord!

Wos i zum Schluss no sogn kon:
„Legts as eich jo net mit mir on!"

Elektrik

Die Leitungen bei mia im Haus
san z'schwoch, drum foit dea Strom oft aus.
Damit des nimmermehr passiert,
hob i von Grund auf ois saniert.

Vuam Haus, do steht a NEWAG Kastl
und weu i sowieso gean bastl,
hob i von hint des Blech wegbogn,
mi onghängt – und a Leitung zogn,
unta da Erd, doß kana siecht,
natialich a, doß jo nix gschiecht.
I hob die Oabeit recht genossn
und ois im Haus gleich ongeschlossn.

So gonz gelungen is net, weil
dea Teife steckt oft im Detail.

Die Woschmaschin zum Beispü rennt
nua wonn des Liacht bein Haustor brennt,
dea Mixer geht, wonn sich wea fönt –
on dieses hom mia sich scho gwöhnt.
Des Bockrohr hazt nua wirklich guat
wonn ma im Kuahstoi saugn tuat.

Es rennt dea Fernsehapparat,
wonn wea im Kölla s'Liacht aufdraht,
Liacht in dea Kuchl und im Zimma –
beides zom – des geht jetzt nimma
und springt die Wossapumpn on –
rotiert om Doch dea Wetterhohn.

Drei Wochn long hom ma uns quöt
und donn an Fochmonn herbestöt.

Dea hot ollas kontrolliert
und woa völlig fasziniert.
„Wissn's", sogt ea, „jetzt is kloa,
wiaso bei uns in Koarlstoa
so drei, vier moi om Tog verteult
die Feierwehrsirene heult!"

Emigrant

Die Woidviertler, die i so mog,
die san a eig'ner Menschnschlog.
Ziagt wer ins Woidviertl ois Weana,
der is zeascht Asylant fia eana.
Die erstn Johre nämlich wird er
zunächst bezeichnet ois „Gstudierter".
Des is net grod a Kompliment.
Des haßt: Er hot zwa linke Händ.
Sie schaun di on, meist aus der Ferne,
und griaßn tans, wenn auch nicht gerne.

Doch wonnst di longsom integrierst
und donn a Teul von eana wirst,
donn konns vielleicht amoi passiern,
dass di zumindest akzeptiern.
Wonnst donn a Glick host, so wia i
und du bemerkst, si megn di,
no donn gehst nie mehr wieder fuat,
ob den Moment, do geht's da guat!

Wonn von mein Doch wos obefliagt,
mei Ofn nimmer richtig ziagt,
die Wosserpumpn amoi spinnt,
die Spülung von mein Heisl rinnt,
mei Hoizstiagn scho a bissl morsch is,
der Rosnmäher gonz im Orsch is,
donn hol i n'Fronz oder den Lois,
die zwa, die repariern ma ois!

Wonn i duat meine Freind net hätt,
i wissat net, wos i donn tät.
I hätt mei Haus scho längst verscheppert,
„Gstudierte“ san jo wirklich deppert!

Endlich!

Amoi geht Jesus umatum
und schaut si grod a bissl um,
do trifft er auf an oidn Mon
und frogt, ob er eam hölfn konn.

Der Oide sogt: „No, vielleicht schon,
i suach scho ewig long mein Sohn,
nur glaub i net, dass eam wer kennt,
er hot a Loch in d'Fiaß und Händ!"

„No, des bin i!", mant Jesus Christus,
„i konns net glauben, Vater, bist dus?"

Der Oide, der fost nix mehr siecht,
kriagt glei a Leichtn in sei Gsicht,
er brat die Händ aus und sogt froh:
„Kumm her zu mir, Pinocchio!"

Entdeckung

Die Menschn wean im Mekong-Delta
oft hundert Joa oit oder älta.
Jetzt denkt ma sicher messerschorf:
Warum nicht auch in Floridsdorf?
Forscher fandens jetzt heraus:
Die gehen fast nie ins Schweizerhaus!

Erkenntnis 1

Won di dei Körper no entzückt
und di dei Spieglbüd beglückt,
wonst s'Heaz, dei Goi, dei Kreiz net gspiast
und johrelong net ölta wiast,
won dei Vadauung funktioniert,
di Politik net interessiert,
wonst nächtelong in Discos hängst
und nimmermehr in Schülling denkst.
Won da jed's Event vatraut is,
di nua woifühlst, wons recht laut is,
wonst sechs Stock locker auferennst,
dei Handyrechnung net dabrennst
und won du di Viagrapüln
nua vawendst zum Halmaspüln,
wonst Hämbörger und Big Mäc frisst
und schoaf wia Nochbars Lumpi bist,
nix host wia erogene Zonen,
wonst glaubst, dass ma mit Jacketkronen
vielleicht in Schwedn zoin kon,
nua schwoazfoast mit da Stroßnbohn,
wonst Frank Sinatra net erkennst,
Brad Pit an oidn Scheißa nennst.
Won nua du waßt, wia wos geht,
di kana außa dia vasteht,
wonst da so sche vuakummst und gscheit
und glaubst, es miaßatn si d'Leit
um dreat haun vua Begeisterung –
jo don mei Freind – bist bled und jung!

Erkenntnis 2

Waßt, eines Toges triffts di a –
Da Trost is schwoch – net di alla!
Won om Nochtkastl stott Biacha
Puiverln lign und Toschntiacha,
wonst efta Zugluft registriast,
bein Aufsteh deine Kniascheim gspiast,
won da dei Schuita sogt doß schneibt,
wonst waßt, wia ma „Atritis" schreibt,
wonst nimma fuatfoast – hockst nua zhaus,
wond d'Leit zu dia sogn: „Guat schaust aus!"
und du genau waßt, des is glogn,
per Du bist mit dein Urologn,
wonnst Gschra und Leam nimma vatrogst
und oft stott Kinda „Gfrasta" sogst,
wonst vom Computer nix vastehst
im Finstan nimma außegehst
und won di da Gedonke quöt,
doß mit dein hoatvadientn Göd
di Erbm don ins Casino foan
weu de nix hoitn tan vom Spoan,
won du stehst im Bodezimma
und du siechst dei Zumpferl nimma,
weu dei Wompn scho so rund is,
du da eibüdst, doß Bier gsund is,
wonst täglich Schwoazwoidklinik schaust
und dia vuan Koarl Moik net graust
und du findst im Leben nix tolla
ois a Liad von Dagmar Kolla
und dia da Hintersea gfoit –
jo don mei Freind – bist wiaklich oit!

Erlkönig

A Bauer foat bei Nocht und Stuam
min Moped ham – hint drauf sein Buam.
Sie kumman von an Festbankett
und jetzt san beide blunznfett.

„Heast Burli, sog ma, gehts da guat?“
„I siech den Erlkenig duat!“
„Geh, um den muaßt di nix scheißn,
des is nua a Newereißn!“

„Na, Voda! Du, dea red mit mia!
Ea zohlat ma a Krigl Bia
und hät gean, daß i mit eam spü!“
„Bua, glaub des net! Du host an Schwü!“

„Du irrst di, Papa, weu jetzt mechta,
daß i verzahn soi seine Techta!“
„Schau, Peperl, schau doch! Des do fuan
san nua drei ausranschierte Huan!“

„Voda! Heast, du muaßt mi rettn,
wonnstas konnst in deiner Fettn!
Den Erlkenig gfoit mei Gstoit,
ea wüll mi hom mit olla Gwoit.
Jetzt pockt ea mi, dea schiache Mon! ...“
Dea Voda schreit: „Donn hauch eam on!“

Sie hom den Hof erreicht mit Not.
Dea Erlkönig – dea woa tot!

Erste Hilfe

Mei Freind und i sitzn in Goatn,
mir trinkn Bia und spüln Koatn
und mittn untan Koatnspüln,
do siecht mei Freind di schen Marülln.

Er mant: „Heast, i wea aufekreuln,
und a poa hoin, bevuas vafeuln!"
Ea pflückt und pflückt a hoibe Stund,
donn bricht a Ost – und ea liegt unt.

I schrei: „Um Gottes Wülln! I kum!"
Mei Freind steht auf und frogt: „Worum?"
Ea hot mi ongschaut, hot net bliat
„Heast", locht ea, „mir is nix passiert!"
Drauf sog i: „Oida, sei net bled!
Du host an Schock! Drum gspiast as net!"

I hob eam pockt und niedagrissn
und mi donn auf sein Körper gschmissn
zeascht – des woa fia mi ka Froge –
hülft die stabile Seitnloge.
I hob eam sea fest niederdruckt,
ea hot si gwehrt und hot no zuckt,
donn hob i eam drei Watschn gebn
und eam ongschrian: „Bleib om Lebn!"

Weu mia vua Mundbeotmung graust,
hob i eam fest mit meiner Faust
a poamoi aufn Brustkoab gschlogn,
von mia soi bitte kana sogn,
i het auf'd Herzmassasch vagessn
drum hob i trommelt wia besessn,
mit Händ hob i den Hois zuadruckt,
damit ea d'Zungen net vaschluckt.
I hob bemerkt – jetzt wiad ea miad
und donn hot ea si nimmer griat.

Sei Haut is ma so blau vuakumma,
drum hob is Stanleymesser gnumma
und eam ind Luftröhrn einegschnittn,
den Hois entlong – genau ind Mittn.
Donn hob i no a Kabel ghoit
und mit zwahundertzwanzig Voit
eam vuasichtig defibriliat
und immer wieda ane gschmiat.

I hob donn mein Bemühn beendigt
und an Rettungsoazt vaständigt.

Besuchn tuarin wiaklich oft,
die Ärzte sogn nua: „Man hofft!"
Doch in letzter Zeit wiads schlimmer,
ea deit nua – redn konn ea nimmer,
i hot eam d'Hond und sitz om Bett...
Ea waß – I hob eams Lebn grett!

Fredl

Da Franzi und da Leopoid
woan Schwammerlsuachn in an Woid.
Und wias so duach di Gegend geh
do bleibt da Fronz gonz plötzlich steh
sei Gsicht wiad weiß ois wia di Wond
in Gros fua eana liegt a Hond.

Da Poidi mant: „Jo leck du mich!
Des is jo richtig widerlich.
Di Hond is sicher von an Mon
geh, gemma Fronz, i speib mi on!"

Si wockln weida gonz vaschreckt
don homs boid drauf an Fuaß entdeckt.
„Heast!", sogt da Fronz, „i man i tram!
waßt Poidi, gemma liaba ham,
sunst hauts mi no aus meine Hammerln,
nua Händ und Fiaß – stott Eierschwammerln!
I fia mein Teul hob gnua, vastehst?"
Do sengs an Kopf unta poa Äst.

Da Fronz nimmt bei di Hoa den Schädl
Da Poidi schreit: „Des is da Fredl!"
„Jo", sogt da Fronz, „i hobs scho gsegn!
No hoffentlich is eam nix gschegn!"

Fürst

Efta gspia i in mir drin,
dass i woascheinlich odlig bin.
Mei Frau sogt zwoa, des stimmat net,
i warat durch und durch Prolet,
doch wonn mia Koatn spüln zu zweit,
donn is sie monchesmoi bereit,
mit ian Vorurteil zu brechn
und mi richtig onzusprechn.
Weul – sog i: „Heast, wia stehts?“ zu ia,
donn sogt sie oft: „Du führst!“ zu mia!

Gäste

Besuche san doch oft a Quoi,
doch ich konn sogn: des woa amoi!
I hob bei mir daham stott Bülder
seit neichastn nur Hinweisschülder.
Wer jetzt zu mir kummt in mei Haus,
der kennt si glei von Onfong aus.

Bein Goatntiarl hob i gschriebn:
WÄRN SIE DOCH ZU HAUS GEBLIEBN
und wer durch die Einfoat geht,
siecht a Schüldl, auf dem steht:
KEINE KINDER! KEINE HUNDE!
BESUCHSZEIT: HÖCHSTNS EINE STUNDE!
Kummst trotzdem eine in mei Haus,
siechst auf an Zettl: SCHUHE AUS!
Im Vurraum steht so in an Nischerl
gonz unauffällig a klans Tischerl.
Ein Schildchen drüber, kurz und knapp:
HIER LEGEN SIE GESCHENKE AB!
Im Zimmer hängan on der Wond
no ondre Schülder umanond:
BESSER ZUHÖRN – SELBER SCHWEIGEN!
A Onders: KEINE FOTOS ZEIGEN!
Beim Esstisch steht gonz groß: NICHT SCHMATZEN!
NICHT BRÖSELN UND SCHON GAR NICHT PATZEN!

Und bei der Poistergarnitur,
do hängt stott meiner schenan Uhr
a klanes Taferl auf dem steht:
DER BESTE GAST IST, DER BALD GEHT!

Die Leit bedonkn si sehr oft
iber so vü Gostfreindschoft.
„Bei dir", sogns, „fühlt ma si so woi!
Ma waß glei, wos ma mochn soi!"
Die letztn Gäste woan bei mir; ...
I glaub, es woa zwatausndvier!

Geburtstag

Zum Sechziger von meiner Frau,
do hob i gsogt: „Du, Schatzi, schau
und frog mi bitte net warum –
i schenk da wos – des haut di um!“

Donn nimm is zärtlich bei da Hond,
sie mant erregt: „I bin so gsponnt!“
„I schenk dia“, sog i tief bewegt,
„an Stern, der deinen Namen trägt!“

Jetzt is ias Ladl obegfoin.
Sie sogt: „Heast Oida, wüllst mi roin?
Waßt wos, du Schnorra, hob mi gean,
pick dian aufs Hirn, den bledn Stean!“

Nua söltn woas so richtig grantig.
I glaub, sie hoit nix von Romantik.

Gehst oder bleibst?

Amoi woa i in Peru,
geh duat spaziern und triff a Gnu.
I sog: „Wos mochst'n do alla?
Geh liaba zruck noch Afrika!"
Des Gnu sogt: „Nie im Lebn, i schwea das!
I bin net deppat! I erklär das:
Duat gibt's Müllionen, oder mehr,
do in Peru – do bin i wer!
Der Gouverneur von Florida,
der Schwarzenegger mochts jo a!
Daham, so hot er richtig docht,
hätt eas zum Ortsvorsteher brocht!"

Donn kumm i in die Stodt noch Lima,
sehr ongenehm – vua oim des Klima,
betrocht ma duat des Panorama,
auf amoi steht nebn mir a Lama.
I sog: „Heast host as do net schwea?
Geh noch Australien! Moch Karriere!
Weu do in Lima schoffst as nie,
do spuckn olle nur auf di!"
Des Lama sogt: „Geh, bist du gscheit!
Australien is doch so weit,
do kriag i Hamweh und muaß wana,
die Freind warn weg, duat kennt mi kana.
Es stimmt, mia spuckn wia die Bledn,
doch waßt, es kennt a jeder jedn
und niemond is so wirklich bes,
i bleib daham, verstehst du des?"

Gorilla

A Gräfin, eine echte „von",
mocht grod ihr Teatime om Balkon
von ihrer luxuriösn Villa,
do siechts om Bam an mords Gorilla.

Sie mocht sofuat an riesn Plera,
nimmt von Telefon den Hera
und ruaft die Feiawehr glei on.
Om ondern End möld si a Mon,
dea sogt: „Bleibns ruhig und huachns zua,
des kummt jetzt immer wieder vua.
Homs ka Ongst, des homma glei,
i schick sofuat jemond vuabei."

Und wirklich, scho noch zehn Minutn
heats an Einsotzwogn tutn.
Es steigt a Mon aus mit sein Gwehr,
sogoa a Hund rennt nebn eam her,
ea hot a blaues Oabeitsgwond
und trogt an Sock in seiner Hond.

Die Gräfin hetzt eam glei entgegn:
„Tan Sie des Monster jetzt erlegn?"
„Na", sogt dea Mon, „des dauert länger,
weu i bin a Gorillafänger
und sowos dauert scho sei Zeit.
Normalerweis san mia zu zweit,

doch wonns ma hölfn, wiads scho wean,
i wea des jetzt gonz kurz erklärn,
ka Ongst, i moch des jedn Tog,
sie hoidn den Kartoffelsock,
i kreul donn aufe zu den Off
und hau eam obe, wonn is schoff.

Liegt dea Gorilla amoi unt,
donn foat mei guatdressierter Hund
sofuat auf seine Eier hi,
dea Off derschrickt – drum schützt ea si.
Weu, wonn dea Hund so zuwerennt,
nimmt ea sei Zumpferl in die Händ,
ea steht jo praktisch unter Schock
und sie, sie stülpn eam den Sock
iban Kopf, donn is ea blind
und praktisch hülflos wia a Kind."

„Guat", sogt die Gräfin zu den Mon,
„i moch des ois, so guat i konn,
doch bitte, sogns ma, liaba Herr,
fia wos is eigentlich des Gwehr?"
„Ah, des is guat, doß Sie des frogn",
sogt der Mon, „i muaß no sogn,
wonn i den Offn net glei kriag
und beim Schüttln obefliag
und i lieg auf dea Wiesn unt …
Daschiaßns bitte schnöll den Hund!"

Hansl

I hob an Freind, der is so kraunk,
der foat zum Beispü togelaung
wia deppat mit'n Radl um,
kreut auf de Berge umatum,
foat mit de Schi noch Bod Gastein
und is im Tischtennisverein.

Drei Tog long woa ma in Berlin,
i woa donn nochher völlig hin,
duat samma mit an Plan in d'Händ
wia Trottln umanaundagrennt,
i kenn die Stodt seit dera Zeit
vü bessa ois der Wowereit.

In Griechenlond – des woa a Witz –
zaht er mi bei der gressten Hitz
an Hügl aufe, stundenlong,
nur wegn an Sonnenuntergang.
„Hansl", hob i gsogt, „i gspias,
i hob scho Blosn auf die Fiass!"
Do hot er gmant: „Des is ma wuascht,
i kriag sche longsam schon an Duascht.
Kumm, jetz ess ma a Souflaki
und donn tonz ma an Sirtaki!"
Nochn Obendessn siech ihn,
er hot grod tonzt mit ana Griechin.
Het i a gern, doch i hob grod
de Blosn in an Schaffel bot.

Bein Hansl sein Bewegungsdrong,
do wird ma ehrlich ongst und bong,
i keich scho, wonn i eam nua siach,
ka Fett am Körper – richtig schiach,
und oft rennt er am Tennisplotz
– I spü mi liaba mit der Kotz,
denn leicht – des is mei Überlegung –,
konnst di verletzn bei Bewegung.
Nur im Bett liegn find i sche,
bei mir derf nur der Germtag geh!

Hänsl und Gretl

(told by Arnold Schwarzenegger)

Listen Children – huachts ma zua:
There wos a farmer, old and poor.
His wife – nobody knows her name –
wos a net satisfied min Lebn.
There wos no luck – and a ka money –
they ate Kartofflbrei von Pfanni
and very seldom rote Bete,
they had two kids – called Hans and Grete.

One day, the poor old father said:
„Gehts in the wood! Verirrts eich net!
Takt's eich on die woamen Sockerln,
to make fire – we need Bockerln!"
„Be careful!", said the angry Mum
„and kummts a healthy wieder ham!"

But in the forest, there was dark,
net wia bei uns – in Central Park.
Deep was the wood, so deep and wide
and the German girl cried:
„My dear brother! We are lost!"
Hänsl ment: „Wos du nua host!
You woast always so gestöat!
Sheet yourself net in your skirt!"
But he knew – she wos in right
and a ka Baywatch weit und breit.

And suddenly they found at all
a hut – a Heisl – nice and small,
full of gingerbread and candy,
recycleboa and very trendy
and so hungry as they woan
had the kids no time verloan,
began to eat from dera wall –
doch suddenly, they heard a call:

„Sad's es deppert! What the hell!
Who knabbert on mein schen Motel?"

Then came out a oide Hex –
all the years she had no Sex,
but there was Hänsl – young and strong –
she could have him johrelong!
And so she pockt eam and said: „Kumm!"
and zaht eam in ian Fitnessroom,
haut eam eine in di Kommer,
locked the door – this was a Jommer,
she said: „Abrakadabara"
and gave him Anabolika!
„You fucking bitch!" cried the poor Gretl
„Look wia du outlookst! Oide Fettl!"
But the witch said: „Bledes Mentsch!
Du wiast do hackln auf da Ranch!"

And so – drei, vier Monat later,
Hans looked out like Terminator.

And then one day, the night was cold,
she had den Hänsl außegholt,
she was in love – full of romance –
und hot glei gmocht an tabledance,
soon she wos naked, and she said:
„O Hans, my dear, i am so glad!
I am gierig scho ois wia!
Today, I make a man aus dia!

Come on, my boy and leg di hin,
the fire burns scho in Kamin!
Let's make love a little bit,
it's so exiting – isn't it?"

Den body zagt's, den ausgedörrtn,
but Gretl was behind the curtain ...
and „Action!", cried the girl loud
und hot di witch in Ofn ghaut.

So hot die Gschicht a happy end,
die kids san to their parents grennt,
des gonze life woa wieder sche
and Hänsl went to USA!
Duat hot ea not much time valuan –
is Gouverneur von Texas gwuan
und gwinnt election umelection –
but never – he got an erection!

Härte

Neilich Nocht – des is ka Scherz,
woch i auf – im Knia a Schmerz!
Normalerweise bin i hoat,
drum bin i liegnblim und hob gwoat.
Don greif i obe – und i gspia:
I hob a Beuln auf mein Knia!

„Heast“, denk i ma, „wos is do los?
A Beuln om Knia? Und no so groß?
Um Gottes Wülln – i hob Arthrose!
Vielleicht a Osteoporose?
Won i jetzt operiert wean muaß,
kriag i – mit Glick – an steifn Fuaß
doch bei mia wiad garantiert
der gonze Haxn amputiert!“
Natialich denkst a voller Skepsis
ob des om End a besa Krebs is
und won der in die Knochn kreut,
is a Fuaß gonz schnöll verfeut!
Wia wer i ausschaun – ohne Hoa
won i don bei der Chemo woa?

Mei Frau – di hob i goa net gweckt,
si het si sunst zum Tod erschreckt.

I bin net ana, der vü klogt
und hob daweu mein Koffer pockt,
es woa kloa – des wiad net besser –
muagn – do lieg i untern Messer.
Don hob i no – gonz ohne Host
mei letztes Testament verfoßt ...
„Öffnen bitte erst posthum“,
don woa zum Glick di Nocht scho um.

Mei Frau steht auf und siecht mi heuln
und i deit wortlos auf mei Beuln.
„Geh bitte! Bring mi net zum lochn!
Iagendwos hot di hoit gstochn!
Kreust umadum und weckst mi auf!
Schmia da hoit an Topfn drauf!“

Di Idee – di woa recht guat,
bis zmittog woa dea Dibe fuat,
doch in mein neichn Testament
do wiad mei Frau nicht mehr erwähnt!

Heidi

Ma glaubat jo, des is net meglich,
doch seit zwa Joa, do tram i täglich
jedn Tog den gleichn Tram:
Es klinglt wea bei mia daham,
i woch auf und foi fost um –
vua mia, do steht die Heidi Klum
im Nerzmanterl und Steckerlschuach
und sogt: „Hallo! Waßt wos? I suach
an Mon mit Charme und Sexappeal,
waßt eh, mei Negafreind – da Seal,
dea hots net brocht und deshoib wore
so ongspeist wia vom Briatore!“

„Heidi“, sog i, „red jetzt nimma!“,
nimms bei da Hond und fias ins Zimma,
duat mochts den Nerz auf – nua an Spoit
und frogt mi, wia ma des so gfoit.

Es woa eine Augnweide!
Dessous aus feinster, schwoaza Seide,
a Haut, die ole Stickln spüt,
do wurat a a Lamperl wüd!

I nimm sie zärtlich in mein Oam
und gspia den Körper, wach und woam, ...
Sie preßt si zuwe und sogt: „DU! ...“
Donn woch i auf – und muaß Lulu!

Heinz und Anna

Unta da Ead – in ana Gruam –
wohnt da Heinz – a Regnwuam,
und in dera finstern Enge
burlt ea si seine Gänge.

Natialich denkt ea efta noch:
„Hot des an Sinn, wos i do moch?
Do deppat tausnd Lecha grom
und sunst nix von mein Lebn hom?“

Doch eines Togs, trotz dera Kühle,
kriagt ea so komische Gefühle!
Iagendwos geht mit eam vua,
vom Lechermochn hot ea gnua,
haß wiad eam und immer haßer,
ea muaß auße – schnöll – des waß ea,
nix wia auße aus dea Gruft,
den Regn gspian, die frische Luft!

Und schon hot ea sei Zül erreicht!
Im Freien liegt da Heinz und keicht,
vua lauter Freid is eam zum Wana,
do siecht ea sie – die schene Anna!

Sie bod si grod in Regnwossa,
wind und draht si ois a nossa,
nockert woas, die Fam Fatal,
des is bei Wirmern gonz normal.

Sie roit si zom, si streckt si aus,
natialich rost da Heinz fost aus.

Ea kreult gonz schnö – ea wü zu ia,
sei Körper zittert scho vua Gier.
Mein Gott! Wos fia a steule Braut!
A zoata Schleim bedeckt die Haut,
und ihre Muskln kontrahian –
dea Heinz is knopp vuan explodian.

Ea stöllt si höflich vua bei ihr
und fongt zum Brotn on ois wia,
dazölt, dass ea vua Liebe brennt,
ea hoit nix von an One Night Stand,
glaubt fest on Liebe auf an Blick,
doß ea kaum fossn kon sei Glick.
Ea red von Gfühl und Harmonie,
sein Körper presst ea fest on sie...

Und dea Anna gfoits – so scheints,
sie wuzlt si um ihren Heinz
und donn – donn homs die gonze Nocht
ununterbrochn Liebe gmocht!

In da Frua, do sogt die Anna:
„Heinzi, so wia du konns kana!
I bin so froh, dass mia uns hom!
Donn kummt a Omsl – und frisst's zom.

Helden

Mit Höldn hob i wos gemeinsom:
Die Stoakn, die san immer einsom.

Im Winter, in an strengan, longan,
in Alaska Viecher fongan, ...
Ohne Wossa und Fressalien
Opale schürfn in Australien, ...
Mittn unter Tse-Tse-Fliegn
im Urwoid auf der Lauer liegn,
in an Zölt aus Blättern wohnen
mit Schlongen und mit Skorpionen, ...

Des, genau des san die Männer,
die wos mi begeistern kenna.
Verwegn sans und hom an Boat,
auszaht, Muskln und sehr hoat.
Sie gengan ihrn Weg alla
und hoagenauso bin i a!

Guat, hin und wieder bin is net,
weu, wonn mei Frau die Mülch hoingeht
und die Wohnungstia geht zua,
kumm i ma sehr verlossn vua!

Hugo

Mei Goatnzweag steht in dea Mittn
in an Beet von Margaritn.
Es gibt so Leit, die hom an Titsch,
weus sogn, a Goatnzweag is Kitsch.
Auf soiche Trottln muaßt net hean,
i hob mein Hugo fuachboa gean!

Wonns haß is, sog i: „Kumm, mei Bua“
und steck eam in a koits Lavua,
monchmoi stöll in gonz zum Zaun
und loss eam auf die Gossn schaun,
wonns Winter wiad, donn steht ea immer
auf mein Nochtkastl im Zimmer.

Mia woan im Summer in Madrid,
dea Hugo woa natialich mit,
a wonn ea net guat spanisch red,
i hob ma denkt, es schod eam net.

Unlängst eascht hob i eam wieder
a Platzerl gmocht, glei untern Flieder,
donn hob i gsogt zu meina Frau:
„Waßt, wonn i so om Hugo schau,
donn kenntast di a bisserl schämen
und dia on eam a Beispü nehmen.
Dea frißt nix, red nix, kost ka Göld
und ea verlongt nix, wos mi quölt!“

Vua a poa Tog – mia liegn im Bett –
i denk ma grod: „Jetzt wärs gonz nett“
und sog: „Du, Putzi, häst du Lust?“
Do stöllts man Hugo auf die Brust!

Hypnose

Mein Gott, es warat net so schlecht,
wonn i min Rauchn aufhean mecht.
I hob ma denkt: Jetzt Schluss, Aus, Basta
und woa bei an Hypnosemasta.

Auf Onhieb wora ma sympatisch,
besonnen, ruhig und net fanatisch.
„Schauns", sogt ea, „do is nix dabei,
nehmen's nua Plotz, des homma glei!
Entsponnan sa si – und schauns nua
auf diese schene Toschnuhr!"
„Des konn wos wean!", hob i ma denkt –
ea hot die Uhr a bisserl gschwenkt
so hin und her vua meine Gluan, ...
boid hom si Zeit und Raum valuan!

„Schwer und schwerer wean di Lider,
rauchn tama nie mehr wieder,
mia woin sogean a rosa Lungen
und sicher ka belegte Zungan.
Auch Bröckerlhuastn ist nicht fein
und wer wüll scho a Raucherbein?
Wir wissn, dass nua blöde Affn
eine nach dea andern paffn!
Ab jetzt pfeif ma am Tabak,
Rauchn is für uns ‚Pfui Gack!'
Wenn ich schnipsl mit dem Finger,
fühln sie sich um Jahre jünger!"

A Joa long bin i jetzt scho duat
und fühl mi richtiggehend guat.
I konn sogn – es woa ka Föhla,
die Sitzungen wean imma schnölla,
kana fünf Minutn brauchma
ea mocht Hypnose – und donn rauchma!

I waß

I waß zu Beispü, doß Salot
gsund is und Vitamine hot.
I waß, dass'd gonz sche deppat bist,
wonst nua Fett's und Siaßes frißt,
den gonzn Tog in d'Röhrn schaust,
und dia di Eadniß einehaust.
I waß – a won ma net gean mog,
dass ma – so olle vierzehn Tog,
wons sei muaß – a mit olla Gwoit
di Unterhosn wechsln soit.
Ma soit si woschn und frisian,
a neiches Zohnbiaschtl riskian
und net daheakreuln wia a Sau,
des ollas waß i gonz genau.
I waß, dass ma net spottn tuat
und net so grauslich nosnbuat,
des Heisl net total vadreckt
und klane Kinder net daschreckt.
I waß wia ma Probleme löst
und wia ma grüne Witwen tröst.
I waß, ma soit net ohne Hirn
di klanan Igl ibafian,
a Radler oda Pensionistn
ghean net auf di Obschußlistn.
I waß, ma sot net stöhln und liagn,
sei Konto net vü ibaziagn,
net nua di Schuid bei ondre suachn
net ordinär sei, oda fluachn.
Obwoi i ollas so guat waß,
moch I ois foisch – a so a Schas!

Ibad Bledheit

Monchmoi denk i vor mich hin,
dass i a fester Trottl bin.

Bitte! Wos is gschehn in Danzig,
anno fünfzehnhundertzwanzig?
Jetzt sogst: „Des waß i net genau
und intressian tuats a ka Sau!“

Na schön – doch i waß net amoi
des gringste ibas Lesachtoi!
Wos waß i von Belutschistan?
I bin scho froh – i find Kagran!
Von Dichtkunst, do vasteh i nix,
weu i les nua den Asterix,
i waß net wia ma Wuazlziagt
und wieso a Flugzeig fliagt,
vasteh net vü von Politik,
hab keine Ahnung von Physik,
i konn den Faust net deklamian
und Diarrhöe net buchstabian,
von Brahms, Chopin und Hindemith
konn i nua sogn: Sie woan zu dritt!

I find mei Lebn trotzdem sche –
weu Bledheit tuat zum Glick net weh!

Iban Dialekt

Des Hochdeitsch is doch iagendwie
sea hoat – und ohne Melodie.
I man hoit, doß im Dialekt
vü mea Kroft und Lebn steckt.

Schau – du konnst a Pomerantschn
zaquatschn oda goa zamantschn!
Bei soiche Wöata meakst scho gschwind
wia da da Soft entgegnrinnt!

Stott lochn – sogt ma doch zawuzln,
und stott saugn – außezuzln!
Wia trockn klingt denn: „Hoit den Mund!“
„Geh gusch!“, des is so wach und rund!
A Schlog ins Gsicht is a Prachoida
und host wen gean, sogst afoch Oida.
A dumma Mensch, dea hot an Plescha,
a saura Wein, des is a Rescha
und wonnst eam saufst – goa net so vü –
donn host an gonz an leichtn Schwü,
wonnst weidasaufst, donn bist komplett
zuagschwaßt oder blunznfett!
Bein Voirausch sogt ma – ohne Häckl –
„Ongschitt wia a Blumansteckl!“

Wea wos bleds sogt, red an Topfn,
foit ea hin, reißt ea an Kropfn,
nennt ea donn sei Frau Karneule –
rennts eam fuat – sie geht hoit Beule.

Meakts, wia si ollas schmiat un zaht?
Im Dialekt is ois so brat!
I waß, doß des net jeda gspiat,
doch mi hots imma fasziniat!

Na schön, i hea zum Schwärmen auf
und moch a End: „I scheiß hoit drauf!"

Ibas moin

Es is scho sea vü Jore her,
wo i beschlossn hob i wea
a Mola – wia da Renoa,
weu wos dea kon – kon i a!

Won i wos onfong – moch is richtig,
des Ambiente – des is wichtig!

Mei Dochbodn woa recht hell und leer
mit an Hauch Pariser Flair,
jo – hob i denkt, des wiad sea sche,
des wiad ob jetzt mei Atelier!
A Coutch woa obn – Gott sei Donk,
di hob i umtauft ois Sches long
und Beda haß i nimmermehr,
fia olle woa i Misjö Piere!
I hob mi Wochn net friesiert,
mi net gwoschn, net rasiert,
net vü gessn, fost nix gschlofn
und literweis nur Absinth gsoffn.
Donn wori irgendwie befreit
und fia mei Erstligswerk bereit.

Und i waß – es woa in Mai,
i steh vua meiner Staffelei
und betrocht ma immer wieder
die Vasn mit den Buschn Flieder.

A Fliederbusch, won er so steht
is zum moin a bisserl bled!
So vüle Blütn – und so kla, ...
waßt wos? I scheiß om Renoa,
weu i kenntat gonz bestimmt,
so moin wia da Gustav Klimt.

I hob zeascht lila Tupferln gmocht –
die woan gonz super – di homs brocht!
Don hob i tupferlt wia berauscht,
hob rosa, weiß und lila tauscht, ...
doch don sich i zu mein Schreckn:
jetzt woans zvü – do san zwa Fleckn!

Egal – des wean zwa oide Nölkn,
di im Begriff san zum verwölkn,
i wea mit ana Zeichnkoin
die Blätter besser außehoin
dazua morbide Blumenstiele
erinnern stoark on Egon Schiele!

Noch ana Zeit tritt i don zruck,
moch vom Absinth an tiafn Schluck, ...

I waß net – irgerndwie woas weißlich,
genaugenomen richtig scheißlich,
es woa a netamoi abstrackt, ...
ois het wea auf die Leinwond gackt!

Es is wuascht – i moi no immer –
derzeit grod mei Bodezimer!

Im Gedenken

Is wea bekonnt in unsern Lond,
wird irgendwos noch eam benonnt.
Wonn i so nochdenk, kennt i wana,
weu leider Gottes kennt mi kana!

Jetzt hob i in mein großn Kumma
a schenes Messingschüdl gnumma
und hob's donn mittn in der Nocht
om Palais Ferstl ongebrocht.
Drauf steht gonz groß, dass jeder siecht:
„Hier wohnte Hansi Langmann nicht!"

Im Goatn

I hob mi imma wieder gfrogt,
wieso mei Pfirsichbam net trogt
und eines Togs hob i ma docht:
„Jetzt war a Baumschnitt angebracht!"

Doch die Idee woa net so guat.
Mei Pfirsichbam – dea is jetzt fuat!
Damit net glei wos ondas bliat,
hob i des Platzerl betoniert.

I sog das! Schene, rote Pfirsich –
dea Billa hots – do kaufn's mirsich!

Im Theater

Amoi is meiner Frau gelungen:
Sie hot mi ins Theater zwungan.
Grod während i zur Bühne schau,
do sogt gonz aufgeregt mei Frau:
„Pass auf! Jetzt kummt, wos i so mog,
der schene, longe Dialog!"

I hob ma denkt: „Heast, Kruzifix!
Wonn dea vua mia sitzt, siech i nix!"

Integration

Nimm hea a Hyänenrudl
und donn loss an klanan Pudl
afoch zu d'Hyänen geh
und donn sogst: „Jetzt spülts eich sche!"

Glaubst, di sogn: „Mei Gott, a Pudl!
Wo kummst her? Bist du dea Rudl?
Zwoa schaust a bisserl komisch aus,
des mocht uns nix, fühl di nua z'Haus."

Nein. Die Hyänen sogn des nicht.
Di mochn zeascht a bledes Gsicht,
es wiad net vü herumpalavat
und dea Pudl wiad glei ghabat.

So fressns und sie denkn sie:
„Wo kamat ma denn sunst dahi?
Zeascht loßt eam zuwe und zum Lohn
host boid a Pudlinvasion!"

Do siechst, wie Viecher reagiern.
So vü zum Thema: Integriern!

Irmi

Die Irmi sogt zu ihrn Mon:
„Wos, bitte, ziag i heite on?
Der Schronkraum is jo praktisch leer!
Und beidl net min Kopf! Schau her!
Der Fetzn von den La Croix,
der is ma scho seit Wochn zkla!
Des Kostümerl do vom Joop,
des wos i scho drei Monat hob?
Des vom Lagerfeld is zkurz,
do glaubns i trog an Lendnschurz
und in den vom Valentino
geri net amoi ins Kino
und im Rotn vom Cabana
bleib i om Klo, do siecht mi kana!

A meine gonzn Accessoires
san olle mitanond a Schas,
ois hät is gstoin in der Türkei!
Vom Tiffany is nix dabei!
I schliaf ins Leiberl vom La Coste
und sog, dass du ka Göld mehr host!
Es wiad ma eh scho immer klora:
Du bist a mieser, oida Schnorra!"
Ihr Mon hots ongschaut und nix gsogt,
geht ruhig zu ihr, donn hot er's pockt,
und auf an Giatl vom Cartie
hängt jetzt die Irmi in der Heh!

Irre

Es is Nocht – und stöll da vua –
a schene Frau kummt auf di zua
und donn passierts: Des irre Weib
reißt da di Kleider von dein Leib
und si schreit voller Hysterie:
„Du Hund! I vergewoitig di!"
Schmeißt di auf d'Ead und reit di zom, ...
A so a Glick wea i nie hom!

Irrtum

I bin a recht a fescher Mon.
Erscht gestern woas, im Restaurant,
mir gengan ins Lokal so eine,
mei Frau is gongan – ich erscheine –
und ich schwöre, nix erdichtet,
die Blicke woan auf mich gerichtet.
Die Fraun hom ihre Köpf zomgsteckt,
hom tuschlt und glei iberlegt
wer der tolle Mon sei kennt.
Is der vielleicht goa prominent?
So monche hot si virebeigt
und ia Bewunderung gezeigt.
„I glaub“, sog i zu meiner Oidn,
„die wean mi fian Georg Cloony hoidn!“

„Du host“, sogt drauf mei Frau betroffn,
„scho wieder 's Hosntiarl offn!“

Jahreszeiten

Winter

Bitte, zag ma an der froh is,
wonn der Winter amoi do is.
Weuls uma viere finster wird,
bin i scho uma fünfe miad.
I schlof fest durch bis siebn, hoib ocht,
und wonn i aufsteh, is no Nocht.
Minus zehn om Thermometer,
im Goatn Schnee – a hoiba Meter,
wonns hölla wird, donn geh i glei
und schaufe ma die Einfoat frei,
dass i zum Billa foan kon,
doch des Auto springt net on!
I schau donn eine in die Speis,
duat san stott Omasn jetzt Mäus.
I siech a Ruaßflankerl wias fliagt,
weul der Ofn net guat ziagt,
nochher strah i vua mein Haus
an hoibn Kibel Streusoiz aus,
donn noch zur Sicherheit an Split,
i hob's Lawinenpiepserl mit,
der Schnee om Dachl is recht schwer,
rutscht er, findt mi kana mehr.
Donn gehst in Schupfn, duat is trockn,
a Schippel Hoiz wa no zum hockn, ...
Gfrein tuats mi net, i bin scho miad,
do hoff i, dass boid Frühling wiad!

Frühling

Wenn die Bächlein munter fließen
und die ersten Blümlein sprießen,
hoagenau zu dera Zeit
pockt mi die Frühjoasmüdigkeit.
Mia is scho kloa, es gherat jetzt
ois im Gemüsegoatn gsetzt,
der Goatnzaun gheat repariert,
die Winterschädn kontrolliert,
zwamoi die Wochn Rosn gmaht,
die Goatnmöbeln außezaht,
Blumen ghean frisch eingetopft,
die Bohnenstongen eineklopft, ...

Olle schrein: „Hurra! Hurra!,
mir freuen sich, der Lenz is da!“
I konn im Frühling net frohlockn,
wo i hinschau woat a Hockn,
und wenn die Frühlingswinde wehn,
kriag i meist Schädlweh vom Föhn.
Wia soll i des ollas schoffn?
I kennt den gonzn Tog nur schlofn.
Konn denn, bitte, net der Summa
Scho a bisserl fria kumma?

Sommer

Wos soll i tuan, es is hoit so.
Der Summa mocht mi a net froh!
On den Togn on den heißn,
wo die Gölsn mi zerbeißn,
sitz i do und schau om Kuchn,
den zwanzg Fliagn grod besuchn,
und in der Speis, seit gestern Nocht,
hom Omasn ihr Stroßn gmocht.
Die Nächt vergengan ziemlich schnöll,
wüll i schlofn, is no höll,
dafia hea I scho in der Frua
um hoiba fünf den Wüldtaubn zua.
Liegst in der Wiesn auf der Deckn,
woatn schon a Menge Zeckn,
und jeder kriagt, der sich duat hintraut
a Entzündung von der Hirnhaut.
I kreul nur um im dickn Gwond,
sunst kriag i no an Sonnenbrond,
untern Hemad steht der Schweiß,
auf die Rosn sitzn d'Leis,
noch die Läuse wird's noch netter:
Mir kriegen Mehltau auf die Blätter!
Da sind mir dann besonders froh
und schneiden olle Zweige o!
Dabei soit i no Rosnmahn
und des Unkraut außezahn.
Do denk i ma, i hätt so gern:
Es soitat endlich herbstlich wean.

Herbst

Der Herbst, des is a so a Zeit,
wo mi iberhaupt nix gfreit.
Wonn der Nebe einekreult
om Bamerl obn des Obst verfeult, ...
doch wonn is obehoi vom Bam,
donn verfeults ma hoit daham.
Pflück i ane von die Pflaumen,
sticht mi a Wespe in den Daumen!

Damit i ma des ois daspoa,
hol i ma scho die letztn Joa
mei große, schoafe Goatnschea
und zwick – und hoff er trogt nix mehr.
Doch i konn zwickn wia i wüll,
nächst's Joa hängt drauf drei Moi sovül.

Odeckt ghean die Rosnstöck,
die Regntonnen miaßn weg,
vergiss net, Beete umzustechen,
des gonze Laub muaßt wegarechen, ...
Du deafst den Zeitpunkt nicht verpassen
im Hof das Wasser abzulassen,
du wärst im Frühjahr recht entsetzt
wenn es dir ein Rohr zerfetzt!
Vergiss auch nicht den Gartenschlauch,
weil der zerbröslt nämlich auch.

Die gonzn Schlösser ghean, wonns geht
mit an Kriechöl eingesprayt,
des Hoiz gheat ghockt, der Ofn gricht, ...
Jedoch – das freut mich alles nicht!

Wenn die Blätter sich verfärben,
denk ich am liebsten an das Erben,
weil wirklich schön ist nur der Herbst,
wonn a Tant stirbt und du erbst!

Joggen

Amoi sogt mei Frau zu mir:
„Sog ehrlich, graust da net vua dir?
Konnst du net wia ondre Männer
a bissl Fett obaun? Geh renna!"

„Schön", hob i denkt, „i wea hoit laufn!"
I woa donn gleich a Stirnbond kaufn,
hob meine Turnschuach kontrolliert
und bin donn in an Park spaziert.

Om erstn Tog sollst dich nicht hetzn,
do könntest dich sehr leicht verletzn!
I hob mi – weul i woa scho gschlaucht –
auf a Bankerl gsetzt und graucht.

Wia i so sitz und mi recht gfrei,
siech i a klane Meierei.
„Heh!", hob i docht, „no duat is sche,
do geh I zeascht auf an Kaffee."
Gleich bin i untern Nussbam gsessn,
hob zum Kaffee a Kipferl gessn,
a Stund long woa i jetzt scho fuat,
drum hob i docht: „Des is net guat!
I konn doch, bitte, net so zhaus,
weul noch n'Spuat schaust onders aus!"

Zum Glick is ma a Einfoi kumma:
I hob des Wossaglasl gnumma

und hob ma donn – des woa der Hit –
des Wossa ibas Leiberl gschitt.

Daham hob i a bisserl keicht,
Theater gpült, des foit ma leicht.
Mei Frau hot gmant: „Du bist gonz noss!"
Drauf hob i gsogt: „Geh, loss nur, loss!
I möcht da jetzt net vül derzöhln,
Athletn tan si hoit so gwöhln!"

Des hob i gmocht, nicht ohne Lust,
Mai, Juni, Juli und August.
Donn hob i ma – mir woa grod fad –
an gonzn Liter aufeglat.
Daham bin i donn recht verheult
auf olle Viere einekreult
und hob mit schwocher Stimme gsogt:
„No, heit hob i mi bsunders plogt,
mir rennt jetzt niemond wer davon,
nächsts Joa gwinn i den Marathon!"
Mei Frau is richtig zuanig gwuan:
„Sog, host du den Verstond verluan?
Sowos von Schwitzn! No, kumm her!
Ob jetzt rennst du kann Schritt ma mehr!"

Ich hob jedoch herausgefundn:
Ich bin seither mitn Sport verbundn.
Im Fernsehn schauri, wonn i konn,
jedn Marathonlauf on,
und nie versam i so an Lauf,
schau zua – und hob mei Stirnbond auf!

Josef und Maria

Wia domois, vua zwatausnd Joan
die zwa auf Herbergsuche woan,
klopfns bei an Wirtshaus on,
der Wirt mocht auf – a besa Mon –
und Josef sogt: „Lass uns hinein!",
doch der bese Wirt sogt: „Nein!"

Jetzt deit der Josef auf sei Frau
und sogt zum Wirt: „Heast, bitte, schau!
Des is von dir scho ziemlich mies,
du siechst doch, dass sie schwanger is!"

Do schreit der Gostwirt glei ois wia:
„No und? I konn jo nix dafia!"
Der Josef draht si zu eam hi
und sogt: „Du Trottl du! Manst i?"

Karlich

Täglich schau i recht beharrlich
die Sendung mit dea Babsi Karlich,
weu ollas, wos ma duatn heat
is interessant und wissnsweat.

Do sitzt a Mon om Podium obn
und sogt, ea hätte in Leobn
vua Joan ghobt a Frauenzimmer,
doch leida Gottes find eas nimma
und sei Verzweiflung warat groß, ...
Sowos mocht mi fossungslos!

Begeistert woa i irgendwie
a vom Fräulein Stefanie,
dea taugen keine Cremen nicht,
sie haut sich Gurken in ihr Gsicht,
des is – schaust as genauer on,
des Beste, wos sie mochn kon.

Schau, i waß jetzt immerhin:
es steat zum Beispü die Jacqueline,
a wonns as nua sehr ungean sogt,
ia Mutter oiweu Leggings trogt!

Oda bitte, het i gwußt,
dass dea Helga ihre Brust
jetzt vü greßa ist und fest
und wos des kost in Budapest?

Zagt homs zwa Fraun aus Favuritn,
die hom johrelong nua gstrittn.
Wonn i do grod net zuagschaut het –
mei Ehrnwuat – i wissats net!

Siechst – und interessant is nua,
kana schaut dea Karlich zua.
Olle sogn: „Des is a Schond!
Der Verfall vom Obendland!“

Om nächstn Tog konn i mit jedn
iba diesn Scheißdreck redn!

Kasperl

Der Kasperl is fia mi gonz ehrlich
fia klane Kinder brondgefährlich.
Jetzt gonz im Ernst. Er hot ka Göld
und lebt allanig auf der Wölt.
Sei Oita kennt ma net genau
und weit und breit ka gscheide Frau.
Er hot ka Mutter und kan Vater.
Derzöhl amoi an Psychiater
du kennst an, der hot Kinder gern
und steht wia wüld om Petzibean.
Wos gaubst? Der sogat jednfois:
„No frage nicht! Do waß ma ois!"

A Frau, die hot er niemois ghobt.
Vielleicht hätts mit den Greterl kloppt.
Worscheinlich homsas a probiert,
doch mit der is nix passiert.
Schau, i kenn den Grund gonz guat.
Er geht jo nur sehr söltn fuat
und ziagt sogoa bei sich zu Haus
niemois sei Kasperlgwandl aus,
und geht er ihr amoi ons Rockerl,
klinglt auf der Haubn sei Glockerl.
Kloa, doss die Gretl des net gfreit,
wonns bein Schnacksln dauernd leit.

Der Sex, der is dadurch in Kibe.
Wo soll er hin, mit seine Triebe?
Er is frustriert, gonz ohne Mädl –
jetzt haut er s'Krokodü om Schädl!
Ma hot von soiche Typn gheat:
Brutal und sexuell gestört!

Drum loßt's die Kinder Kriagsfülm schaun,
auch Pornos mit die schenan Fraun,
Krimis, mit die Schwerverbrecher,
Schläger oder Messerstecher,
doch kummt der bese Kasperl vua –
donn hoit's eana die Augn zua!

Komplimente

Es is eascht vua an Monat gwesn,
i hob die Togeszeitung glesn,
do kummt mei Frau und sogt: „Huach zua!
Findst du no leiwond mei Figua?
Wia is des? Stehst du no auf mi?
Bin i no aufregend fia di?
Jetzt bin i scho a oide Kraxn,
gfoin da no hoibwegs meine Haxn?
Mogst du, wia i mi onziagn tua?
Wia i mi schmink und mei Frisur?
Host gean, wonn i so oft wos boch
und schmeckt dia ollas, wos i koch?
Is guat, wia i den Haushoit fia?
Sog ehrlich, bist du zfriedn mit mia?"

Wias nix mehr gred hot, woa i froh
und hob glei gsogt: „No sowieso!"
Sie hot si zu mia zuweglant
und donn hots richtig glicklich gmant:
„Des find i sche, doss du mi mogst
und mia so liabe Sochn sogst!"

Lebnshüfe

Peinlich is – wonst einedrahst,
Fremdwöata ausn Ärme zahst,
di don oft und gean vawendst
und ia Bedeutung goa net kennst.
Drum hob i die poa Zeuln gmocht –
ois klane Hüfe sans gedocht!

Apokalypse – is a Tonz,
zum Ungeheuer sogst – Monstranz.
Des schiach Gift haßt – Arsenal,
dea Wind in Fronkreich – Ministral.
Oides Laub wiad zum – Kompott,
dei Göd liegt sicher im – Despot.
Zum Lehrer sogt ma a – Pagode,
leichtfüßig springt die – Antipode,
Rabbi is a Gottesdiena
geht ea weg, donn Ka – rabiner.
Hazienda – haßt, wonst niaßt auf spanisch,
Kramuri – Söbstmoad auf japanisch.
Tapire – san so hoate Männa,
die auf Nägl schlofn kenna
und foische Hoa, san a – Kupee,
a Blumenstreißerl haßt – Bidet.
A Flascherl Wein is die – Winjette,
a klanes Zumpferl die – Pipette,
die Hunderln tan gean – amputian,
zum Beischlof sogt ma – koketian.

A – Krokus hot vü Göld, mei Liaba,
a – Aspirant hülft gegn Fiaba.
Zwa Händ in Gips, des san – Fraktionen,
die Frau im Wechsl braucht – Mormonen.
Zu Laien sogt ma –Armaturen,
reanimieren – tan nua Huren.

Im Bett wärmt guat a – Themostat,
zum Irrnoazt sogst – Psychopath.
Ampere – so haßn oft Franzosn,
im Goatn blühn scho die – Neurosn,
Gwond probierst in – Konkubinen,
in dea Schweiz gibts vü – Kantinen,
im Meer, do schwimmt da – Bakkara
und die – Migräne beißt di a.
A Südfrucht is a – Advokat,
a Preisnochloß dea – Rabiat.

I waß, des ois klingt sea – anal,
doch wea so red – is genital!

Logik

Unlängst eascht frogt mi a Mon,
ob i logisch denkn kon.
Er dazöhlt gonz stoiz er war
jetzt auf an Logikseminar
und er mechat ma sehr gern
wos Logik is, gonz kurz erklärn.

Er facklt net long umatum
und frogt: „Host a Aquarium?"
Drauf sog i: „Jo, i hob scho ans!
Nix bsunders, nur a gonz a klans!"

„Schön", sogt er drauf, „gib jetzt guat ocht!
Von nun on wird nur logisch docht".
„Aquarium sogt mir sofuat:
der Mensch is a zu Tieren guat!
Wer tierlieb is, donn liegt net fern,
der hot sehr sicher Menschn gern,
und donn is wiederum ka Frog,
dass der woascheinlich Frauen mog,
und mog er Fraun, donn waß ma schnell,
der is nicht homosexuell! ...
Siechst, jetzt kummst sche longsom drauf,
ois baut sich auf Logik auf!"

Mir hot des Gonze imponiert.
Im Wirtshaus hob is ausprobiert:
Do sitzt a Mon beim Bauernschmaus,
i frog: „Host a Aquarium zhaus?"

Der Mon sogt: „Na! Loss mi in Rua!"
I sog: „Okay, i waß scho gnua!
Kein Aquarium, du Oama?
Ois is kloa: Du bist a Woama!"

Logisch

Die schenan Redn beim Begräbnis
san imma wieder a Erlebnis!
Es is a echtes Phänomen,
dass nur die Bestn von uns gehn.
I find des unwoascheinlich oag.
Kaum liegst drin, in Eichnsoag
und beginnst grod zum verwesn,
bist a guada Mensch gewesn.

„Wir stehn da in tiefster Trauer,
hier, bei dieser Friedhofsmauer,
beweinen unsern liebn Kurt,
kaum war er da – schon is er furt.
Er hat in seinem ganzen Leben,
wo er nur konnte, stets gegeben.
Er stand in seiner Lebensblüte
und war ein Mensch – so voller Güte,
auch war er liebevoll und heiter,
ein treuer Freund und Wegbegleiter.

Nun stehn wir hier vor diesem Loch
und wissen nicht, wer ihn erstoch!

Siechst! Und jetzt muaß i mi frogn:
Kennt ma net die Woaheit sogn?

„Do liegt ea drinnen, unser Kurt!
Gott sei Donk, jetzt is ea fuat!
O Herr, wir danken Dir – du hast
endlich zu Dir geholt, des Gfrast.
Ea woa faul und hot nix ghacklt,
hot bein Koatnspün nua packlt,
woa ordinär, hot gstoin und glogn
und hint und fuan die Leit betrogn, …
Jo, heit kemma olle lochn,
jetzt hot eam endlich wea dastochn!

Du konnst hundert Joa oid wean,
a so a Rede wiast nie hean!

Denk den Gedonkn gonz zum End!
Nimm amoi on, dass fufzg Prozent
die Guadn san. Der Rest is bes, …
Donn foigt der Schluss – so siech i des:
„Die Guadn liegn i ihre Lecha –
und die, die lebn, des san Verbrecha!“

Macho

Es gibt Männer – ungelogn –
die hom no nie ia Frau betrogn!
O.K. – es muaß a soiche gebn,
doch die, die hom nix von ian Lebn.

In meinen Augn san die bled
und so a Weichei bin i net!
Zum Beispü gestern: I kumm zhaus
und ziag mi in mein Zimmer aus.

Mei Frau frogt: „No, wo kummstn her?“
„I woa spaziern! Im Belverdere!“,
hob i gonz ungeniert behaupt,
und sie, sie hots wia immer glaubt.

So eiskoit liagn tan nua die Hoatn.
weu i – i woa im Schweizer Goatn!

Mahlzeit

Ans – des konnst bei mia vergessn –
in Gsöllschoft geh i nimmer essn!
Wenn überhaupt, donn nur mit Männa
und net mit Fraun, die wos mi kenna.

Weu schau! Wonns Essn vua mia steht,
passierts wias Amen im Gebet,
wonn i mein erstn Bissn kau
und gmiatlich in die Runde schau,
bemerk i jedesmoi sofuat,
doss ane auf mein Tölla gluat.

Wonn i donn sog: „Wos schaust? Wos host'n?"
Donn kummt der Sotz: „Geh, loss mi kostn!"

Mai

Der lange Winter ist vorbei
und jetzt – im Wonnemonat Mai,
wenn ringsum die Natur erwacht,
die Sonne warm vom Himmel lacht,
die Menschen aus den Fenstern schaun
und Vöglein ihre Nester baun,
wenn Mädchen ihre Beine zeigen
und alle Körpersäfte steigen, ...
wenn's also richtig Frühling wird,
donn bin i miad!

Mei Freind

Mei Liaba, des is scho a Glick:
I hob an Freind – den Dominik!
Vua so vü Joa hom ma uns gfundn,
mit Leib und Söl samma verbundn,
die Freindschoft is so tiaf und echt,
so stoak – dass kana glaubn mecht!

Mia hom gemeinsom Urlaub gmocht,
hom Koatngspült di gonze Nocht,
bein Heirign hom ma uns troffn
und so monchn Liter gsoffn
und hom duat mit schweren Zungan
efta „Wahre Freundschaft" gsungan.

Unlängst woa ea daham bei mia,
mia sitzn gmiadlich bei an Bia,
i zind ma on an guatn Tschik
und sog zu eam: „Heast Dominik!
I hob grod finanzielle Suagn,
du, kenntast ma fünf Blaue buagn?"

Zeascht hot ea a bisserl zuckt,
don hot ea si om Bier verschluckt,
ea schaut auf d'Rollex gonz nervös
„Du, Oida", mant ea, „sei net bes,
i sog da ehrlich, ohne Schmäh,
dea Wogn, dea Tennisclub – waßt eh...

schau, momentan is wiaklich bled,
grod jetzt, do hob is leida net
I schwöa da, Oida, bei mein Lebn:
mei linkes Aug tat i da gebn!“

A Weu no hom ma gred und glocht
und wia ea fuatwoa, hob i docht:
„Wea, bitte, wea – so frog i mi –
hot so an guatn Freind wia i?
An dea hülft – und net long denkt
und dia sogoa sei Eigl schenkt!“

Mnemotechnik

Wüllst du dei Gedächtnis steakn
und dia wiaklich OLLAS meakn?
I hob des Zül scho long erreicht –
mit Mnemotechnik geht des leicht!

Stöll da vua – du triffst a Frau,
sie wiad da vuagstöllt ois Frau Blau
und es is ia Gsicht so gwenlich –
sie schaut fost an jedn ähnlich.

Du siechst as – und denkst wärenddessn,
den Noman Blau – weri vergessn!
Doch – Mnemotechnik gibts zum Glick.
Es is a recht a simpler Trick:
Du mochst gonz schnöll bei dia in Kopf
gedonklich sozusogn an Knopf.

„Blau“, verbindst mit Veilchenstrauß
und Veilchenstrauß mit Leichnschmaus.

Zwa Joa später triffst die Dame,
denkst gonz kurz: „Wie woa dea Nome?“

Beim Gsicht denkst glei on Leichnschmaus,
beim Leichnschmaus on Veilchenstrauß,
donn plötzlich waßt as gonz genau
und sogst glei: „Küß di Hond, Frau Blau!“

Obwoi des immer funktioniert
is mia amoi wos Bleds passiert.

Des gonze woa a oage Schond:
I renn beim Billa umanond
und waß –mia brauchn wos zum Essn –
oba wos –hob i vergessn!

Donn bin i ham, mit leere Händ –
mei Mnemogschichterl no präsent:

Drei Nega steng om Meeresstrond
und hom ia Zumpferl in da Hond!
Glei nebn eana sitzt a Hos
und frißt a Bischerl softigs Gros!

Mei Frau sogt: „Heast des gibts jo net!
Bist du scho fronk fia ollas zbled?
Ich bitt dich: Is da des scho zvü?
Sechs Eier und an Petasü?"

Mut

I lieg im Bett und es is Nocht,
do hea i wias im Kölla krocht.
Wonn sowos vuakummt, donn daschrick i,
i weck mei Frau auf und sog: „Micki,
i glaub net, dass i mi sehr teisch,
do is im Kölla a Gereisch!"

Sie sogt: „Wos wüllst? Bist eh scho woch!
Steh auf, geh obe und schau noch!"

Kloa, i kennt mi obeschleichn
und den Einbrecher verscheichn.
Doch wos, wonn der mi kumma siecht,
auf mi woat und mi dasticht?
Net, dass i mi net obetrau!
Warum geht sie net? Feige Sau!

Neid

Dea oide Berger in Pension
sitzt im Park und tramt davon,
wos fira wülder Hund ea woa,
so fua viazig, fufzig Joa.

Eam wiad ums Heaz a bisserl schwea,
do kummt a Schäferhund daher.
Dea rennt und hupft – steht voll im Soft,
waß net wohin mit seiner Kroft,
vua ollam wiad der junge Rüde
net fia a poa Sekundn müde
den Weiberln Freude zu bereiten
und auf olle aufzureiten.
Do denkt si lächelnd dea Herr Berger:
„Des kenn i guat – i woa no ärger!"

Und wia dea Schäfer nimmer kon,
schifft ea a neiche Parkbonk on,
donn rennt ea weida voller Freid,
da Berger denkt – net ohne Neid:
„Mein Gott! Warat des a Lebn,
afoch nua des Haxerl hebn
und pinkln kennan irgendwo –
i muaß ham zu mia aufs Klo –
duat hülft ka schüttln und ka klopfn –
ind Hosn gehn die letztn Tropfn!"

Und nochher schleckt dea junge Hund
mindestens a hoibe Stund
on sein Zumpferl umanond.
Dea Berger denkt si: „Ollerhand!
Kennt i mi hoibwegs no so rian –
I scheißat glott aufs tarockian!“

Nochrichtn

Mei Frau und i san gmiatlich gsessn,
hom radiogheat und Frühstück gessn,
und in di Nochrichtn homs gmöld,
di Kinda in da drittn Wölt
steam dahin ois wia di Fliagn,
weus afoch nix zum Essn kriagn!
A Eadbebn hot in dera Nocht
fünf Hochheisa zum Einstuaz brocht,
a Springflut hot an Londstrich troffn,
dreitausnd Menschn san dasoffn,
donn san zwa Tanker explodiat,
hom Bodeküstn ruiniat,
in Texas brennt a Woid seit Togn,
a Gsteata hot sei Frau daschlogn,
es hot an Reisebus zafetzt,
fünf san tot und zwölf valetzt
und außadem geht um wöldweit
des Gspenst dea Oabeitslosigkeit.

Da Sprecher sogt donn: „Nun zum Wetter ...“
Do mant mei Frau a bisserl späta:
„Waßt, won ma d’Nochrichtn so heat...
A Wunda, doß ma do net reat!“

I schleck di Marmelad vom Messa,
„No jo, si sogn es wiad boid bessa
und bedenk – di drei Tog Regn
san fia di Londwirtschoft a Segn!“

Nomen est Omen

Dea Tiger tigert umanond,
dea Specht, dea spechtlt so ins Lond,
dea Fisch, dea fischlt ziemlich oag,
dea Hirsch, dea hirscht und fühlt si stoak,
dea Rammler rammelt wia nua wos,
die Schlongan schlänglt si durchs Gros,
dea Igl, iglt sich oft ein,
drum mecht i gean a Vogl sein!

Ois loßt noch!

Kennst du des? I geh ins Zimmer,
wos i duat wüll, des waß i nimmer.
Wonn i so steh und deppert schau,
donn beobocht mi mei Frau
und sogt sofuat: „Wos stehst so bled?
Wonnst dei Brülln suachst – i hobs net!"
„Na", sog i, „mir is nur entfoin,
wos i do grod hätt mochn woin!"
Do mant mei Frau: „Du host a Glick!
I kenn an gonz an guatn Trick.
Geh wieder zruck, donn foits da ein."
„Is in Uadnung", sog i, „fein!"
Afoch nur zruckgeh – is scho kloa.
Nur – wos waß i, wo i grod woa?

Olympia

I lieg bei mia daham im Bett
und tram – i bin a Leichtathlet.
I nimm an Speer, und i renn on
und schmeiß eam hoit, soweit i kon.

Wos soll i sogn. In weitn Bogn
is ea ibas Stadion gflogn.
Die Begeisterung woa groß,
Die Leit hom denkt: „Wos is jetzt los?"
Und donn – im Lautsprecher a Stimm –
i sog das, es woa wirklich schlimm:
„Weltmeister ist Jirzi Vrana!
Nicht gewertet: Tramontana!
Leider gibt es keinen Orden!
Der Speer ist nicht gefunden worden!"

On mein Sohn

Huach mei Kind – i bitt di goa sche,
vergiss amoi den rotn Porsche,
die Reise durch die USA,
die Kreizfoat auf da Mary Zwa
und schau, die Rollex do, mei Bua –
is doch gonz ehrlich – nua a Uhr.

Und a dea Onzug vom Armani
is a Fetzn. Deshoib mani:
Lass dich nicht hineintheatern
und huach a bisserl auf dein Vatern!

Glick – des is a neicha Schnee
und woame Sockerln aus Frottee.
Glick san putzte Fensterscheibn,
a oide Füllfeder zum Schreibn,
a frisches Bettzeig untern Hintern,
a woame Stubn zum Überwintern
und gnua Brennhoiz vua da Hittn,
Händ – und Zechnnägl gschnittn,
a gepflegtes Mittogsschlaferl,
a Schoin – wo draufsteht: Maria Taferl.

A Glick, wonnst jemond Blumen bringst
und wonnst bein Gschirrowoschn singst,
wonnst di bein Staubsaugn entsponnst
und wonnst a gonz alla sei konnst!

Des große Glick is meistns kla –
a Wurzlhoiz – a schener Sta,
a frisches Butterbrot mit Soiz
oder ans mit Grammeschmoiz.

Du muaßt das net wia deppert gebn,
gfrei di gonz afoch nua om Lebn
und erwoat da jo net zvü –
Glick is da Weg – und net des Zü!

Oper

Mi homs amoi in d'Oper zaht,
duat woa ma unwoascheinlich fad.
Die Musi woa, wos soll i sogn,
laut und fost net zum Ertrogn.
Nix homs gspült, wos glei ins Ohr geht
und wos auf der Bühne vorgeht,
konn ma sogn, woa eigentlich
richtiggehend lächerlich.

Sog ma, bitte, wos solls bringan,
wonns stott redn, dauernd singan?
Bei mir zum Beispü kummt a Hüne
schnellen Schrittes auf die Bühne,
trällert: „Schau, mein neuer Hut!"
Und sie: „Ei, potz! Der steht dir gut!"

Zwa Menschn singan von an Huat.
Ich finde das extrem absurd.

Kurz vuam Schluss, do schau i hin,
weul i durch Zufoi aufgwocht bin,
do singt der Hüne voller Lust
und hot a Messer in der Brust!
I spring auf und schrei entsetzt:
„Sing doch net! Du bist verletzt!
Schon di!", hob i gschrian gonz laut,
donn hom mi Ordner außeghaut.

I hob glei mit mein Hausoazt gred,
der sogt, vernünftig wa des net,
weu, steckt da in der Brust a Klingan,
konnst ollas mochn, nur net singan.

Om nächstn Tog, jetzt stöll da vua,
steht in der Zeitung bei „Kultur“:
Der Opernabend – ein Genuss!
Ergreifend woa speziell der Schluss!

I hob die Zeitung wieder gfoitn
und brings zum Lesn meiner Oitn.
„Do host! Auf Seite ocht, schau eine!
Deine Freind! Perverse Schweine!“

Peter allein zu Haus

Mei Frau, die sogt ma praktisch täglich,
i benimm mi so unmeglich.
Wonns fuatfoat und i bin allein,
donn bin i Mensch, donn derf is sein.

Kaum mochts die Tia zua und is fuat,
wird glei a Stund long nosnbuat.
I geh aufs Heisl zum Lulu
und moch die Klotia net gonz zu,
donn ziag i, weu is jetztan kon,
die Unterwäsch vom Vuatog on
und hoi ma aus an untern Foch
die Trainingshosn mitn Loch.

I schlirf den Tee so laut wias geht
und rasier mi afoch net.
Haban tua i ois mitn Leffel
(soitast segn, wia i do scheffel),
weu von dera bledn Gobe
fliagt ma eh des Meiste obe.

Es geht ma richtiggehend guat.
I lieg im Bett, schau Eurospuat,
und niemond tuat mi so sekkiern:
„Geh, bitte, geh mit mir spaziern!"
I loss die Fenster bumfest zua,
weu Frühlingswinde hob i gnua.

Im Freien tuast di nur verkühln,
do tua i liaba Zumpferlspüln,
mi wohlig aufn Diwan wuzln
und vü Mozartkugln zuzln,
donn friss i Grammeln mit an Brot,
Gemüse is der Grüne Tod!

I sog da, i leb ohne Frau
ehrlich wia die ärgste Sau,
und kamats nimmer zu mir her,
donn gabats an Sozialfoi mehr!

Rückführung

Dass i – vua drei-, vierhundert Joa
scho amoi glebt hob, is ma kloa.
Doch ois wos? Ois großer Denker?
Ois Prinz? Ois Dichter oder Henker?

Um die Ohnung zu erhärtn
woa i sofuat bei an Expertn.
Dea woa guat, des hob i gspiat,
ea hot mi glei zurückgeführt.
Sehr rosch – des hot a bisserl gwundert –
woan mia in Fronkreich – dreizehnhundert,
dea Master frogt mi, wias ma geht
und i hob glei französisch gred.

Von dera Sproch konn i ka Wuat.
Es woa erstaunlich, weu sofuat
hob i des kenna – auf da Stöll –
i woa Franzos mit Leib und Söl.

Pa dö dö e sacre cör,
la casch o voll e gron malheur.
Ce si bon la clac voala
e wule wu avec moa,
fontastic la vasch ci ri
Napoleon e tre scholi!
Fümè la grand e Goloas
Püschò, Renò ... und so an Schas.

Die Sitzung woa somit gemeistert
und der Experte sehr begeistert.
Er hot si zfriedn hintreglant,
si ane ongraucht und hot gmant,
dass i – des warat eam gonz kloa –
der Dorftrottl von Nizza woa!

San di Kruzi Tiakn?

Warum san oft blind die Schleichn?
Mit wos loßt si a Sta erweichn?
Wia eng is so a Sehnenscheide?
Is umzäunt die Augnweide?
Schofft a Beruf wia Strumpfbondhoita
Oabeitsplätze a im Oita?
Wie guat san zoit die Wognheba?
Wöllnbrecher? Ollaskleba?
Wiad durch Bumsti eascht da Nazi?
Frogt ma si – und warum draht si
des Waberl so im Kreis herum?
Is wirklich jeder Uma – dumm?
Komisch is, dass Nockn fad san
und so vüle Kistn blad san!
Wos haßt: ma fühlt si efta matsch?
Und is a jeda Schlamper – tatsch?
Es gibt kan Balla ohne Watsch
und long wiad Lu eascht mitn Latsch!
Bei monchn saust so oft der Frack
und Pfui gibts söltn ohne Gack!
Muaß ma jede Unschuid raubn?
Vua wos schreckn si die Schraubn?
Warum hot Pech nur die Marie?
Wos is mitn Polter? Holt er di?
Wiaso sogt ma zum Weibs oft Büd?
Wia klingts, wonn ma Brazanka spüt?

So vüle Rätsl hot des Lebn
und kana kon a Ontwuat gebn!
Grod denk i noch – mit oller Gwoit,
wos kon des sein – a Schas im Woid?

Schatz

Im Flussbett liegn Millionen Stana
und mittn drin, a weißa, klana.
Do kummt a Madl, klaubt eam auf,
hoit eam in d'Sun, des Licht foit drauf,
gonz stoiz hebt sie eam in die Heh
und find eam unwoascheinlich sche.

Dea Sta, des is doch interessant,
woa auf amoi – a Diamant.

Schene Fülm

Jo, i gib des ehrlich zua,
feanschaun kennt i rund um d'Uhr
und die bestn Fülm bei Weidn
san – wonn Menschn fuachboa leidn!

Denk da – in da Wüste Gobi
is a Mon – und hot ka Obi!
Die Sun brennt obe, mörderhaß
und ea kreult um – imma in Kras.
Lippn wund, de Haut in Fetzn,
in di Augn steht Entsetzn,
donn – kriagt ea a Chance, a klane,
om Horizont – a Karawane,
doch di segn eam leida net,
weu a mordstrum Sondstuam geht
und donn hängt dea blonde Hühne
in so aner Wonderdüne,
hoffnungslos do drinnan steckta,
Sond in da Pappn – so verreckta!

Do lahn i mi a Stickl zruck
und trink mei Bier, so fünf, sechs Schluck.
Fia mi san soiche Fülme wichtig:
weu do schmeckt des Bier eascht richtig!

Doch – wos is di Wüste Gobi?
Unvergleichlich liaba hobi,

wonn Forscher in da Arktis san
und so Eisbean fongan tan
mit jeder Menge Schlittnhund
und gengan duat entsetzlich zgrund!
Won zagt wiad, wia da Blizzard heut,
die Költn in de Knochn kreult,
wonns zeascht glaubn – si san hoat,
doch boid pickt eana s'Eis in Boat
und wonns so scheppern mit di Zent,
ogstuam di Fiaß und blau di Händ
und eanas neiche Funkgerät
vom Schnee verpickt is und net geht,
und ma heat scho s' Pockeis krochn
und du waßt – do is nix zmochn, ...

Jo, soiche Szenan tan ma guat,
wonn di so eingfiern, bis aufs Bluat.

Natialich san so Forscher oam –
mia is unta da Tuchat woam.
„Scheiß on! I mecht ka Forscher sei",
denk i ma no – donn schlof i ei!

Schreck

I tua Fernsehn schaun wia immer,
do plötzlich kummt mei Frau ins Zimmer.
I schau hin und woa gonz weg,
duat steht die Lady, gonz in Black!

Schwoaze Strumpferln, schwoaze Straps,
a schwoazes Hoserl, gonz a knapps,
auf der Seitn mit so Schlitze,
a schwoazes Negligee mit Spitze,
und schwoaz woa a der Busnhoita, ...
Versteh mi recht! In unsan Oita?

Es is kloa, wonnst des erblickst,
dass'd glei wahnsinnig derschrickst.
Drum hob i gstottert gonz verwirrt:
„Is mit der Mama wos passiert?"

Statistik

Ochzgtausnd Leit san heier gstuam
und liegn om Friedhof in der Gruam.

Fia mi erhebt si jetzt die Frog:
Warum nur stengan jedn Tog
no so vü Leit – a gonza Massa –
vua mir bei der Billakassa?

Sündenfall

Im Paradies kreun umanond
Adam und Eva – ohne Gwond.
Sie hom glocht und Beeren pflückt
und hemmungslos herumgeblickt.
Wirklich gfährlich woa nua a Bam,
trotzdem sogt die Eva: „Adam!
Mia wean an Opfel obereißn
und donn herzhoft einebeißn!"
An großn nimmt's, an schenan, rotn,
der Adam sogt: „Des is verbotn!"
Do mant sie drauf: „Wonnst den net frißt,
waß i, dass d'a Weichei bist!"
Jetzt hot der Adam si doch traut,
beißt o und hot genussvoi kaut,
donn nimmt er d'Eva bei der Hond
und sogt: „Jetzt treib mas mitanond!"
Die Eva hot no obegessn
und donn den Adam wegagstessn.
„Untersteh di und beria mi!
Loß den Bledsinn! I genier mi!"

Der Adam sogt: „Bist bled? Wos hostn?
Zeascht loßt mi von den Opfel kostn,
donn moch is wirklich und beiss eine
und auf amoi spülst die Feine?"

Do mant die Eva: „Heast verhau di!
Aus is jetztan mit der Gaudi,
i nimm a Feignblattl her,
weu gspechtlt wiad jetzt nimmermehr.
I waß net, wos des fia a Bam is,
doch waß i wenigstns, wos Scham is!“

Doch a der Adam hot scho gspiat
wia sei Zupferl klana wiad,
drum hot eas plötzlich gonz verschreckt
a hinter seine Händ versteckt.

Und so woa seit dera Zeit
vuabei die Hemmungslosigkeit.
Gut! Mich betrifft das Ganze nicht,
weil ich ess keine Äpfel nicht!

Tarzan

No jo! I sitz in da Kanzlei
und denk: „I mecht dea Tarzan sei!“

Ka Wecker leitat in da Frua
und a zum Haban het i gnua.
Kreust a Stickl auf d’Lianen,
don host kiloweis Bananen
und won dea Huger stärker is,
frißt massnweise Kokosniss.

Und Muskln het i ibaroi,
i duschat mi in Wossafoi
und woschat mi in olla Rua,
di Offn schaun ma dabei zua,
i tat mit eana a Weu redn,
in Urwoid kenn jo jeder jedn
und bist valetzt, don brauchst kan Oazt,
ka Woatezimmer, wost long woatst,
di Tschita spuckt da in di Wundn
und di Schmeazn san vaschwundn!

Wos i fia a Theata het,
ich schwöre dia, des glaubast net!
I lossat aus an Tarzanschrei,
a Ölöfont bremst si glei ei,
i reitat auf eam umanond,
dea Löwe frißt ma aus da Hond,

da Leopard bringt ma di Jungan
und schleckt mi o mit seiner Zungan,
Zebras und Schiraffn a,
warn olle meine Habara,
und kummt a deppats Krokodü,
des wos mi vileicht fressn wü,
don stechat i den schiachn Krompn
mei Messa in di wache Wompn.

Natialich het i a di Jane,
imma jung und imma schen,
imma freindlich, imma wüllig
und no ausgesprochn büllig.
Auf d'Nocht gehst nua sea söltn weg,
es gibt jo duat ka Steirereck,
kan Juwelier und kan Frisea,
zum Fürnkranz kamast a sea schwea.
Drei Lederfleck, a Lederbandl,
fertig is des schenste Gwandl
und zum Gebuatstog jedes Joa,
do kriagts a Orchide ins Hoa,
es gibt kan Streit und ka Debatte
und ob gehts in di Hängematte!

So tram i efta fua mi hin
und stütz mi auf mei Doppekinn,
i sitz alla in dea Kanzlei
und mecht sogean dea Tarzan sei!

Taxler

A Mutter hoit ian klanan Floh
von ana Kinderjausn o.
Es is long ka Tramway kumma,
drum hom sa si a Taxi gnumma
und wias so iban Giatl purn,
do stengan duat a Massa Huan.

Dea klane Bua frogt: „Mama, schau!
Wos mocht die do, die schene Frau?“
Die Mama sogt: „Mein liebes Kind,
ich weiß nicht, wer die Damen sind,
doch soweit ich sehen kann,
ham die Armen fast nix an, ...
Schau, wies da stehn am Straßnrand
und ham ka Geld fia a gscheits Gwand!“

Dea Taxifohrer geht vom Gas.
„Heans“, sogt ea, „redns net so an Schas!
Wonn i des hea kriag i an Zuan!
Waßt, Bua, die Mentscha do san Huan!“

A Weu hot niemond wea wos gsogt,
doch später hot dea Burli gfogt:
„Mama, tu nicht wieder lügn,
können Huan auch Kinder kriegn?“

Drauf sogt die Mutter: „Freilich, Maxi!
Die Hurensöhne – die foan Taxi!“

Tod

I sitz daham und friss a Brot,
do leits – und draußn steht dea Tod.
Dea Knochnmon in schwoazn Gwond
und hoit sei Sensn in dea Hond.

„Homs an Ausweis?“, woit i wissn,
do hots eam glei a bisserl grissn.
„Schauns“, hob i gsogt, „i kenn die Tricks!
Danke schön! Mia kaufn nix!“
Donn bin i wieder zruck ins Zimmer
und siehe da – i leb no immer!

Todesahnung

Mi homs – des tuat ma heit no lad,
zu ana Wonderung verzaht.
Des scheiß Wondern mocht mi kronk.
Die Freind woan durchtrainiert und schlonk
und hom gsogt: „Heast, bitte, Beda,
a bissl wondern konn a jeda!"
Ich Trottl konns bis heit net fossn
und hob mi ibaredn lossn.

I bin des Zfuaßgeh eh net gwehnt.
Die san net gwondert, die san grennt!
Wia verruckt sans viredappelt
und i bin hintn nochergjappelt.
„No bin i deppert?", hob i docht,
und hob a klane Pause gmocht.
Do is ma bissl schwindlig gwuan,
a Rauschn woa in meine Uan,
mia woa haß, der Kopf hot gliat,
die Fiaß, die hob i nimmer gspiat,
völlig gefühllos und eiskoit,
und i hob gspiat, i hob kann Hoit!
„Aus is!", hob i denkt im Stülln,
do hea i meine Freind wias brülln:
„Heast, Deppata, jetzt kumm scho noch!
Wos stehst'n stundnlong im Boch?"

Ungerechtigkeit

Mei Enkerl is jetzt grod a Joa,
entwickIt si gonz wundaboa
und won di Kinder uns recht bittn,
donn tamma monchmoi babysittn.

Mei Frau is auf den Klan gonz wüd,
si dederlt mit eam um und spült –
und won ea donn sei Papi habert,
grunzt und rülpst und blost und sabbert –
dea Patz eams gonze Gsicht vapickt –
donn stroit mei Frau und is vazückt.

Nochhea scheißt des liabe Kinderl
an riesn Haufn in sei Winderl,
si hebt eam auf und druckt eam fest –
stinkn tuat ea wia di Pest –
donn wicklts eam – dea Klane locht –
„Wos hom mia fia a Haufi gmocht!"

Si tan si Bussi gebn und schmusn,
dea Burli spuckt ia auf di Blusn,
brecklt a bisserl auf ian Hois
und meiner Frau, dea gfoit des ois!

Vua a poa Tog, do samma gsessn
und hom grod gmiadlich frühstück gessn,
do hob an Druck i in mia gspiat,
donn is mas Missgeschick passiat:

A klaner Wind is außegfoan –
da easchte – noch so vüln Joan!
Mei Frau sogt: „Heast, do wiad ma schlecht!“
Und sichst – des find i ungerecht!

Universum

Im Radio homs jetzt erwähnt,
dass sich des Weltall dehnt und dehnt.
Wie stoark – do streitns noch herum –
I hob des gheat und glei gsogt: „Pfum!“

Very britisch

I wa gean di Elisabeth,
di Kenigin, di Majestät.

Do tat i mi bei mia daham
in mein Palast in Backingham
in iagendana hintern Eckn
zwa, drei Wochn long versteckn
und weus mi duat net findn wean,
so miaßtns mi fia tot erklärn!
Und donn – wonns olle recht vü wana,
tat i mi ausn Fenster lahna!

I hetat on a schickes Gwond
und winkat mit dea rechtn Hond,
links – het i a neiches Tascherl
und auf mein Huat a rosa Mascherl,
donn het i auf mei Weitsichtbrülln
und tat mit d'Kronjuweln spüln.

Natiarlich sogatn di Leit:
„Des hom ma gwusst! Jetzt is so weit!
Sie gheat wirklich in a Klinik!
Di is – in da Marülln hinig!"
Drauf sog i nua: „Des is ma kloa!
Di Leit hom afoch kan Humor!
I mecht, dass im Geschichtsbuch steht:
Die lustige Elisabeth!"

Vuasicht

Wonnst an kennst, dea wos sea nett is,
dea immer liab und so adrett is,
dea wos nie fluacht und nie wos trinkt,
immer guat riacht und net stinkt,
si niemois vuadrängt, sche brav woat
und ausschließlich min Radl foat,
iba kan wos schlechtes sogt,
a gstrickte Pudlhaubn trogt,
dea oiweu nua auf Woifoart geht,
in jeda Lichterkettn steht,
dea si iba nix beschweat
und stets nua seine Öltan ehrt,
dea leise is und niemois schreit,
sich gean ois Nikolaus vakleid,
dea immer nua auf Gott vertraut
und nix wia Krötntunnel baut,
dea sich on di Gebote hoit,
om Sunntog d'Kronenzeitung zoit,
dea jedn Tog sei Müsli braucht
und nie a Zigarettn raucht,
dea immer nua Gemüse frißt
und nie om Muttertog vagißt,
dea olle gean hot –und kan hoßt,
in Gsöllschoft nie an fohren loßt, ...

Wonnst so an kennst! – I sog nua: WENN!
Donn hoit di on mein Rotschlog: RENN!
Weu soiche Leit – i sog da ehrlich:
Di san net guat ... di san gefährlich!

Waldrapp

Vielleicht gibt's in Waidhofn Leit,
die scho long sogn: „Sad's es gscheit?
Do nehmans Steiagölder her
und baun fian Waldrapp a Voliere!
Weu on den Vogl muaßt di gwena,
do gibt's ondre, die san schena,
na, min Waldrapp konnst net protzn,
schau den on, mit seiner Glotzn!"

Doch wir wissen jednfois,
Schenheit is im Leben net ois,
und bekonnt is, dass der Ibis
gonz besonders gscheit und lieb is.
Von die Ägypter hom ma gheat
sie hättn eam sogoa verehrt!

Und nowos miaßat ma jetzt sogn,
(es kennts a ruhig den Pforra frogn),
dass a junges Waldrapppoa
beim Noah auf der Arche woa.
Der hot vierzig Tog im Regn
Oiweu no ka Lond net gsegn.

„Rapp", hot er gsogt, „fliag umanond,
vielleicht findst irgendwo a Lond!"
Und der Waldrapp hot noch Stundn
wirklich donn des Festlond gfundn.
Jetzt homs gwußt, sie wean des schoffn,
weu ohne Ibis warn's dasoffn.

Drum soitat ma die Chance jetzt nützn
und den Vogl wirklich schützn,
weu, bitte, stöllts eich amoi vua,
a Sintflut kummt boid auf uns zua
und in der neichn Bibl steht:
„Der Waldrapp hot Waidhofn grett!"

Warnung

Stöll da vua, du kummst grod zhaus,
dei Hockn woa scho fria aus
und du findst im Bett dei Weib,
zraft und mit entblößtn Leib
und sie hoit grod fest umschlungen
an schen Mon, an gonz an jungen.

Es is gonz kloa, jetzt host an Zuan.
Die Froge is – wos kenntast tuan?
Soist nua dosteh und bled schaun?
Soist beide aus'n Fenster haun?

Egal, obs'd durchdrahst oder brüllst,
obs das daschiaßt – schau, moch wos'd wüllst.
Ans tua net! Auf goa kan Foi!
Sog bitte net: „Fixnoamoi!"

Warum?

Monchmoi beschleicht mi so a Gfühl,
dass mi afoch kana wüll.

Es leit, und draußn vua da Tia
steht a guada Freind von mir.
Do sog i: „Oida, bist du gscheit?
Wos mochstn do zu dera Zeit?
Stehst afoch do, i man, i tram!
Host ka Telefon daham?
Du gehst ma eh scho long om Homma,
nur gspiast as net, des is dea Jomma!

Gscheit Koatnspüln, des konnst jo net,
und zum Schachspüln bist vü z'bled,
stundnlong bleibst bei mir hockn,
dabei stinkn deine Sockn,
weul du Schweißfiaß host – verstehst,
meist muaß i speibn, wonnst donn gehst.

Wonnst an Rotschlog hom wüllst, schau!
Geh ham zu deiner schiachn Frau,
mit der konnst sicher besser redn,
mit dem Trompel, mit dem bledn.
Loss mi onglant, bitte, heast!
Schleich di, Depperta, du steast!
Waßt, du mochst mi richtig kronk!"
Donn is er gongan, Gott sei Donk.

Und schon is wieder do des Gfühl,
dass mi afoch kana wüll!

Wea woas?

Wia kon a Mensch wia ich und du,
won ea an foan loßt, sogn: „Pu?"
I denk ma oft in stilln Stundn,
wea hot den Ausdruck „Pu" erfundn?
Weu „Po", warat genausoguat!
Des is doch eigentlich absurd!
Wea woa des? Und vua oim: Wozu?
Woas dea Erfinder von: Lulu?
Woas dea, dea scheißt und sogt: „Aha!"
Den Haufn do – nenn i AA!
Des is doch ollas intressant.
Woas a Koch? A Ministrant?

Mi fasziniert des irgendwie.
Jetzt her i auf – i muaß Pipi!

Weinverkostung

Zur Verkostung edlen Weines
woa i einglodn – gonz wos Feines!
Des Treffn woa in Oit Aussee
in so an würdign Chalet.

Die sogenanntn Weinexpertn,
di zöln fia mi zud Meistgestörtn.
Zeascht wiad da Wein in Glasl gschwenkt,
di schiache Nosn eineghängt,
don tans a poimoi inhalian
und refarian und dekantian
und tan mit Fochausdrücke protzn, ...
ich schwöre dir – do kummt mas Kotzn!

Auf amoi sogt a Blada, Klana:
„Wos sogn sie, Herr Tramontana?“

I hob glesn auf di Schnelle,
wos gstondn is auf dea Butelle.
I hoit des Glasl gegns Licht
und moch a gonz a eanstes Gsicht:
„Mia hobn hier an Boschole,
mit an fantastischn Buke!
Steiler Südhong! Beste Lage!
Zweiundvierzig Sonnentage,
a milder Winter ohne Frost,
Windstärke vier – von Südsüdost.

Zweitausendzwei woa ollas prima,
i möcht fost sogn: Champagnerklima!
Lasst uns beim Bodn noch verweilen.
Löß – mit kleinen Lehmanteilen –
di Winzerin – Frau Faber Sche
hot Körbchengröße doppel D
und mit iam hochbetogtn Mau
hots an Sohn – den klan Bertrau!"

Und olle Leit, so cirka hundert
hom applaudiert und mi bewundert.
Doch woan vüle a betroffn
und hom den Boschole ausgsoffn,
weu si woitn – ums Verreckn –
des gonze sölber außeschmeckn!

Donn heb i no amoi di Hond:
„Freunde! Ans no gonz om Rond!
Erlaubts an klanan Zusotz nua:
Dea Bertrau – dea schlimme Bua –
hot vuan Ofülln, so zum Spaß –
hineingeschifft – ins Eichnfaß!"

Weiterbildung

Sehr hohe Offiziere san
der Obers und der Majoran.
Messerschlucker san Fäkalien,
Antennen – Berge in Italien.
Die Vogerln fliagn in der Moliere,
a Diamant haßt Sanitär,
wonnst Schmerzn host bein Niederknian,
loss den Hibiskus operian!

A guats Gewürz is die Muskete,
die Frau vom Pastor haßt Pastete,
gern trinkst im Sommer a Frapant,
der Organist mocht's mit der Hand.
Im Bod hängt meist a Attache,
Spione san bein EKG,
Verbrecher haßn Banderolen,
in Rom hom kämpft die Gladiolen.

A Vibraphon ersetzt die Männer,
wonn's insolvent san und net kenna,
mit Koatn legst da a Patient
und der Dentist plombiert de Zent.

Deine Hoa woscht mit an Schampus,
fost jede Uni hot an Krampus,
bein Schnopsn sticht ma mit Atü –
fia heit is gnua – jetzt waßt scho vü!

Wer is?

Schau, i hob jede Menge Stärkn.
Ans konn i net: Ma Gsichter merkn.
Zum Beispü neichlich kurz vua vier,
i tua grod fernschaun, leits bei mir.
Grod fongat jetzt die Karlich on,
no i moch auf, draußt steht a Mon.
Er hot nix gred und hot nix gmocht
und dauernd nur so deppat glocht.
I denk ma no: „Wos wülldn deadn?
Ma hot ka Rua mea von die Gsteadn!"
Doch donn hob i genauer gschaut,
weu irgendwos woa mir vertraut,
drum sog i: „I muaß iberlegn –
sogns, hom mia uns scho amoi gsegn?"

Drauf mant ea: „Moch ma an Kaffee,
und loß mi eine, Papa, geh!"

Wudu

Wuascht obs schiach is oda schen is
jedn Mittwoch spül i Tennis.
In letzta Zeit, do gfreits mi nimma,
dea Fritz, dea Trottl, dea gwinnt imma,
und won ea noch da Doppelstund
mi auf mei Schuita klopft, dea Hund,
und tröstend sogt: „Es wiad scho wean!"
do het i eam des öftern gean
genussvoi aufn Plotz vadroschn –
imma fest eine in die Goschn!

Weit von uns – duat in Brasilien –
gibts in einigen Familien
gonz a Schippel oide Männa,
die so WUDU zaubern kenna
und – wonn jemond sehr sekant is –
völlig wuascht – a wonns die Tant is –
tan sa si a Foto suachn
und die Tante kuaz vafluachn,
a Nodl wiad ins Foto gsteckt,
noch kuaza Zeit is d'Tant vareckt!

Des konn i a – hob i ma docht –
und hob a Fetznpupperl gmocht.
Des Gsicht vom Fritz is ma vatraut,
des Pupperl hot eam ähnlich gschaut.

I hob eam gnaht a Tennisgwond
und hob donn in sei rechte Hond
a poa Nodln einegstochn
und eam olle Figer brochn!

Wochn san seither varrunna,
dea Fritzl hot ka Match mea gwunna!

WUDU – des is fia mi a Segn –
i fühl mi seithea überlegn!

Mei Nochboa heat Musik so gean
und loßt des Radio laut plean
rücksichtslos bis in di Nocht –
Jetzt hob i a neichs Pupperl gmocht!

Zeitgenössisch

A Freind von mir hot si nix denkt
und mir Theaterkoatn gschenkt.
Freid hot er mir net wirklich gmocht,
i geh net sehr gern fuat auf d'Nocht!
Jo, untern Tog zu der IKEA,
und net om Obnd zu der Medea.
Mei Frau hot gmant: „Vielleicht wird's sche?"
„Mechst net mit deiner Freindin geh?",
woa mei letzter Hoffnungsschimmer,
doch mei Frau woa hoat wia immer.

A Bühnenbüld woa nicht vuahondn,
jo, a Tisch is duatn gstondn,
und zwa oide Leit hom gred,
nur verstondn hot mas net.
Leise homs nur so getuschlt,
der Mon hot sowieso nur gnuschlt,
dass i ma denkt hob: „Heast, der muaß
gonz dringend in an Sprochheulkurs!"
A olle ondern host net gheat,
doch stöllnweis homs gonz laut plärrt,
do bin i richtig zomgezuckt
und hob mein Kaugummi verschluckt.
Donn kummt a Mon in an Pyjama,
(vielleicht hots deshoib ghaßn: Drama),
der hot miaßn net vül redn
und hot nur die Medea tretn.

Er hot's richtig fest verdroschn
mit die Fiaß, so in die Goschn!
Kan im Theatersoi woa kloa,
warum er's gschnoizt hot und wer's woa.

Donn hom drei Neger tonzt im Kreis.
Ob des symbolisch woa? Wer weiß?
No jo, es geht um Schuld und Sühne.
Sogoa a Hund woa auf der Bühne,
er is so umanondaghetzt,
der Hausherr hot die Dienstmagd gwetzt,
die woa oba a net fad,
hot die Medea glei verzaht
und die hot ziemlich spät auf d'Nocht
ihre zwa klan Buam umbrocht.

Mia homs lad ton, die zwa Siaßn.
I hob donn glei auf's Heisl miaßn
und hob mi scho a bissl gwundn
noch über zwaraviatl Stundn!

Loßt's ma jetzt noch sogn gonz schnell,
i hob an dringenden Appell:
Hot wer Koatn fias Theater,
gibs deiner Mutter und dein Vater,
verbrenns oder verkaufs, wonns geht,
nur bitte, bitte, schenk mas net!

Indiana

Warat i a Indiana,
haßat i net Tramontana.
Die nennan si so: Starker Wind
und Flinker Hirsch und Dummes Kind, ...
Stott Helga oder Ilsebil
haßt ane: Die, die immer will!
und den Ilsebil ian Mo
nennans: Der, der nimma ko!
A jeda waß glei, wia du bist.
I haßat sicher: Der zfü frißt!

Begeistert hot mi scho ois Klana
des Lebn von di Indiana.

In an großn Wigwam wohni,
reitn tat i auf an Pony, ...
„Di immer will", warat mei Frau,
i sogat zu ia: „Schau du Squau,
nah ma meine Mokassin!
Di oidn san scho wieda hin!"

Di naht sofuat ois wia a Blede,
weu duatn gibts ka Widerrede.

I gangat obe donn zum Fluss
und hupfat eine mit Genuss
und tat mit onderen Komantschn
a bisserl umanondaplantschn

und won i hamkum oisa Nossa,
saufat i mei Feiawossa
und tat a Friednspfeiferl rauchn,
wos onders tat i goa net brauchn.

Des Schenste wa jedoch bei Weidn:
In Fosching brauchst di net verkleidn!
Guat, monche gengan ois a Trappa
und kaufn si des Gwond bein Tlapa,
doch des san nur fünfe, sexe,
und des san di, mit di Komplexe.
Mein Gott, i kennt no sovü sogn,
vom Manitu, vom Büffejogn, ...
doch fia heite is genug.
Ich hab gesprochn, pfiat eich – Hugh!